Dieter Lesemann

Möhren untereinander

Meinen Kindern und Enkelkindern,

dem Meidericher Bürgerverein von 1905 e.V.

und

seiner Geschichts- und Schreibwerkstatt „Hahnenfeder"

gewidmet.

Möhren untereinander

Kindertage in Meiderich

Geschichten einer Kindheit 1949 – 1964

Dieter Lesemann

edition kulturwerkstatt

Als ich ein kleiner Bube war

Wilhelm Busch (1832-1908)

Als ich ein kleiner Bube war,
War ich ein kleiner Lump;
Zigarren raucht' ich heimlich schon,
Trank auch schon Bier auf Pump.

Zur Hose hing das Hemd heraus,
Die Stiefel lief ich krumm,
Und statt zur Schule hinzugeh'n,
Strich ich im Wald herum.

Wie hab' ich's doch seit jener Zeit
So herrlich weit gebracht! -
Die Zeit hat aus dem kleinen Lump
'n großen Lump gemacht.

Dieter Lesemann
Möhren untereinander - Kindertage in Meiderich
Geschichten einer Kindheit 1949 – 1964
Herausgeber: Kulturwerkstatt Meiderich
Reihe *edition kulturwerkstatt*
©Transmedia Publishing Duisburg 2022
Bildnachweis: Familienarchiv Lesemann, wenn nicht anders angegeben
ISBN 978-3942961714

Inhalt

Vorwort   11

I Die frühen Jahre (1949 – 1955)   13
Ich und Kaiser Wilhelm (1949)   13
Hamsterbacken (1950)   15
„A Köhni!" (1952)   17
Mit dem Dreirad zur Singstraße (1954)   19
Freitags ist Badetag (1954)   22
"Ihrer Hühner waren drei..." (1955)   25
Das magische Auge (1955)   26
Mit dem Käfer nach Tübingen (1955)   28
Sieht der liebe Gott mein Knibbeln? (1955)   32

II Brückelschüler (1956 – 1959)   34
Walters Armbrust (1956)   34
Die nackte Tänzerin (1956)   37
Bei Tante Trude (1957)   40
Masurisch für Kinderohren (1957)   44
Das dunkle für ‚unten rum' (1958)   47
Knicker – Los (1958)   48
... und mit dem Setra-Reisebus zurück (1958)   51
Lohntütenball und Weser Landbrot (1958)   54
Aus Liebe zur Wäsche (1958)   56
Der liebe Gott schweigt (1958)   59

Schulalltag (1959)	61
Fenstertheater (1959)	64
„Nacht Mattes, da ston die ‚Schluffen'!" (1959)	64
Als ich einmal den Vogel abschoss (1959)	69

III In Meiderich und anderswo (1960 – 1961)	**75**
Die Aufnahmeprüfung (1960)	75
Hochschüsse (1960)	77
Nächster Halt: Schiefbahn (1960)	79
Robert Schawlakadse wäre das nicht passiert (1960)	82
Senter Mates Vögelkes (1960)	85
Mit Abfahrtsski durch Meiderich (1961)	89
Pistentrampeln am Weißen Stein (1961)	91
Auf der Walz (1961)	94
Messerstich (1961)	96
Schrott sammeln (1961)	98
Stand anne Wand (1961)	100
Mit Onkel Benno auf der Pirsch (1961)	102
Ferien auf dem Heesberg (1961)	106

IV Auf dem Weg zum „ganzen Kerl" (1962 – 1964)	**109**
Die Narben des Herrn W. (1962)	109
Japanischer Wind (1962)	111
Buden bauen (1962)	113
Anti-autoritäre Bewegung im Meidericher Stadtpark (1962)	117
Spielen und Lernen vor der Haustüre (1962)	120
Fußball ist unser Leben (1963)	122

Auf dem Platz (1963)	125
‚Ein Stäbchen im Gesäß' (1963)	128
Meidericher Feuerzangenbowle (1964)	130
Die Ohrfeige (1964)	136
Barbaras Kuss (1964)	139

Vorwort

Es gibt wohl eine Sprachgrenze durch Meiderich. Diesseits dieser Grenze heißt es „Möhren untereinander", jenseits von ihr „Möhren durcheinander". Ob es geschmackliche Unterschiede gibt, weiß ich nicht. Jedenfalls ist „Möhren untereinander" seit Kindertagen eins meiner Lieblingsgerichte.

Die Texte des vorliegenden Buches sind Geschichten aus meiner Kindheit, die ein Fenster zu einer Zeit öffnen, die noch geprägt war von den furchtbaren Erlebnissen in der Kriegszeit, aber auch vom Neuanfang und vom Wirtschaftswunder bis hin zum ersten Aufbegehren der Jungen gegen Autorität.

Die Geschichten, die sich so oder so ähnlich tatsächlich ereignet haben, schreibe ich auf, um sie meinen Kindern und Enkelkindern zu erzählen. Wie viele Fragen habe ich vergessen, meinen Eltern und meiner Oma zu stellen? Ich schreibe sie auch auf, weil ich Lust am Schreiben habe. Seit es die Meidericher Geschichts- und Schreibwerkstatt „Hahnenfeder" gibt, wird der Spaß daran immer größer.

Ich veröffentliche die Geschichten nicht, weil sie besonders wichtig oder einfach nur besonders wären, sondern weil sie vielleicht typisch sind für die Zeit und die Region, vielleicht sogar für Meiderich.

Manchmal bin ich Handelnder im Zentrum der Geschichte, manchmal Behandelter, bisweilen Beobachter in der Welt der Erwachsenen.

Ich stelle die Geschichten aus ihrer Situation heraus dar, nicht rückblickend. Wenn ich der jeweiligen Situation sprachlich gewachsen bin, drücke ich mich altersgemäß aus. Wenn nicht, lasse ich mir von einem Erwachsenen helfen.

Einige wenige Familiennamen habe ich verändert. Die Fotos entstammen zum allergrößten Teil den Familienalben, sind gescannt oder abfotografiert und am PC etwas nachbearbeitet. Ich bitte, die Qualität zu akzeptieren.

Ich wünsche „Guten Appetit!"

I Die frühen Jahre (1949 – 1955)

Ich und Kaiser Wilhelm (1949)

1884 möchte sich Kaiser Wilhelm I. in Meiderich ein Krankenhaus bauen lassen. Warum in Meiderich, er lebt doch die meiste Zeit in seinem Schloss in Berlin? Er findet Meiderich wohl besonders schön.
Als das Krankenhaus 1895 endlich fertig ist, ist Kaiser Wilhelm I. schon sieben Jahre tot. Jetzt kann sein Krankenhaus ihm auch nicht mehr helfen.
Meine Oma kennt den Enkel von Kaiser Wilhelm I., der auch Kaiser Wilhelm heißt, allerdings der II., und sie hat schon oft mit ihm Geburtstag gefeiert. Am 27. Januar nämlich hat Wilhelm Geburtstag, „und", erzählt meine Oma, „da haben wir in der Schule immer seinen Geburtstag gefeiert." Ob sie auch nach 1908, als meine Oma die Schule beendet hat, noch seinen Geburtstag gefeiert hat, weiß ich nicht.

Kaiser Wilhelm I. – das Rathaus im Rücken, sein Krankenhaus im Blick
(Quelle: Meidericher Bürgerverein)

1918 wollen die Deutschen aber keinen Kaiser mehr haben, und Wilhelm wandert zuerst nach Belgien und später nach Holland aus.
1896 bauen die Meidericher seinem Opa, der ja auch Kaiser Wilhelm

hieß, allerdings der I., ein Standbild und stellen es vor ihrem Rathaus am Marktplatz auf. Jetzt kann er, obwohl er schon acht Jahre tot ist, immer ein Auge auf sein Krankenhaus werfen.

Bis 1941 geht das gut. Dann überlassen die Meidericher sein Standbild dem Deutschen Reich als „Metallspende". Jetzt müssen die Meidericher selbst auf das Krankenhaus des Kaisers aufpassen.

Das ist inzwischen so groß geworden, dass es auch Platz für andere Kranke oder für Frauen hat, die ein Kind gebären wollen. Meine Mutter jedenfalls bekommt ein Zimmer auf der Säuglingsstation, wo ich geboren werden soll. Mitten in der Nacht, am 4.August 1949, entdecke ich das Licht Meiderichs.

Zum Glück ist meine Mutter schon wach, als ich geboren werde.

Wenn ich Hunger bekomme, krähe ich mit dem Meidericher Hahn so laut um die Wette, dass es bis zum St. Georg-Turm zu hören ist. Dann legt meine Mutter mich an ihre Brust. In diesen Augenblicken denke ich, was wohl einmal mein Leibgericht werden wird.

Eine Ausfahrt mit meiner Mutter im November 1949

Hamsterbacken (1950)

Natürlich will ich groß und stark werden. Hört man den Erwachsenen zu, wenn sie mit uns Kleinkindern übers Essen reden, scheint das jedenfalls unser gemeinsames Ziel zu sein.
Ich bin jetzt in dem Alter, wo ich auch feste Nahrung zu mir nehme.
Die Aufgabe meiner Mutter ist es, gesunde und kindgerechte Mahlzeiten auf den Tisch zu bringen. Wann ich esse und wie viel ich esse, möchte meine Mutter gerne bestimmen.
Nicht immer habe ich dann gerade Lust zum Essen oder verspüre Hunger. Ich ahne, dass es oft auch mit meinem Schlafen zusammenhängt. Wenn ich gegessen habe, werde ich nämlich hingelegt. Dann ist eine Zeitlang Ruhe.
Ich habe schnell eine Lösung gefunden, wie ich meiner Mutter den Gefallen tun kann zu essen, obwohl ich gar keinen Hunger habe. Schließlich sitze ich während des Essens auf ihrem Schoß und werde mit einem Löffelchen gefüttert.
Die Tatsache, dass ich ihr dabei meinen Rücken zuwende, nutze ich in meinem Sinne.
Bald ist das Tellerchen oder Schüsselchen leer. Ich werde wegen meines braven Essens und der Tatsache, dass ich alles aufgegessen habe, gelobt. Dann legt meine Mutter mich noch bäuchlings über ihre Schulter und klopft mir vorsichtig auf den Rücken. Jetzt heißt es für mich: Aufpassen, damit kein Unglück geschieht!
Nach dem Bäuerchen setzt meine Mutter mich noch einmal auf ihren Schoß, dieses Mal aber schaue ich ihr ins Gesicht. Meiner Mutter fällt auf, dass mein gutes Essen, furchtbar schnell wirkt und ich sofort dickere Bäckchen bekomme.
Sie wird skeptisch, fährt mit den Worten „Nun, lass die Mutti doch mal gucken!" mit ihrem rechten Zeigefinger in meinen Mund und holt aus meinen Bäckchen auf beiden Seiten Möhren untereinander hervor, bis das Tellerchen, das noch vor uns auf dem Tisch steht, genau so gefüllt ist, wie vor dem Essen.
„Dieter, was machst du denn? Du musst das leckere Essen doch auch runterschlucken!" versucht meine Mutter nicht sauer zu werden.
Beim zweiten Durchgang erfülle ich ihren Wunsch und nach dem ungefährlichen Bäuerchen bin ich jetzt auch wirklich müde. Jetzt ist erstmal eine Zeit lang Ruhe!

Onkel Fritz und Tante Hertha

Nachmittags kommen Onkel Fritz und Tante Hertha zum Kaffee. Während meine Mutter die Tassen vollschenkt, bin ich auf dem Arm meiner Oma. Sie ist kurz vor Weihnachten 1950 zu uns gezogen, nachdem mein Opa gestorben war.

Später, beim zweiten Stück Apfelkuchen, höre ich meine Mutter sagen: „Wenn es Möhren untereinander gibt, macht Dieter immer Hamsterbacken!" und sie erzählt den ganzen Ablauf lang und breit.

Richtig ist, dass ich das gelegentlich tue, besonders gern allerdings bei Möhren untereinander, um den herrlichen Geschmack möglichst lange im Mund zu halten und natürlich auch, um zu essen, wann ich will.

Möhren untereinander sollen mein Lieblingsgericht bleiben, gerne mit Frikadellen.

„A Köhni!" (1952)

Meine Schwester Ursula als Neunjährige

Wir wohnen auf der Lösorter Straße, meine Mutter Margret, mein Vater Eugen, meine Oma Martha, meine Schwester Ursel und ich. Wir schreiben das Jahr 1952, im Sommer werde ich drei Jahre alt. Meine Eltern haben mich schon im Kindergarten am Gerhardsplatz angemeldet. Ich scheine mich ganz normal zu entwickeln, auch sprachlich.

Manchmal schleifen sich Gewohnheiten, Begriffe und Abläufe so ein und funktionieren so gut, dass irgendwann keiner mehr eine Notwendigkeit sieht, etwas zu ändern. In der Übergangsphase vom gewindelten Kleinkind zu einem kleinen Jungen, der darauf aufmerksam machen möchte, dass er zum Klo muss, ist so etwas passiert.

Mein Töpfchen aus cremefarbenem Porzellan wird 'Thrönchen' genannt, wohl weil ich es königlich genieße, darauf zu sitzen und meine Geschäfte zu erledigen. Der Pinkelpott meiner Oma hingegen, der für kleine nächtliche Geschäfte unter ihrem Bett steht und ebenfalls aus cremefarbenem Porzellan ist, heißt einfach Pinkelpott.

Nun kann sich jeder vorstellen, dass das Wort 'Thrönchen' für einen, der sich gerade in die deutsche Sprache hineinarbeitet, ein äußerst schwieriges Wort ist. So war ich dann irgendwann stolz darauf, mit einem lauten "A Köhni!" den Erwachsenen unmissverständlich klarmachen zu können, dass ich aufs Thrönchen muss. Warum ich mich für 'Köhni' als Ableitung von 'Thrönchen' entschieden habe, ist unklar. Nun, der Laut 'öhn' bleibt erhalten, ein 'K' ist für mich wohl einfacher zu sprechen als ein 'Thr'. Vielleicht haben die Erwachsenen auch jede meiner Sitzungen mit "Der sitzt da wie ein König" kommentiert. So etwas merkt sich ein im Spracherwerb befindlicher kleiner Mensch natürlich.

Im September nimmt meine Mutter mich an die Hand. Wir gehen die Lösorter Straße nach links hinunter, überqueren den Gerhardsplatz und gehen durch ein großes hölzernes Tor an der Gerhardstraße. Mein Kindergarten! Ich komme in die Gruppe von Schwester Elfriede. Schwester Elfriede trägt eine weiße Schürze über ihrem blauen Kleid mit weißen Punkten und eine weiße Haube. Sie sieht zum Liebhaben aus, obwohl um sie herum ein paar Kinder stehen, die weinen, einige ganz laut. Ich weine nicht, als meine Mutter „Tschüss, bis heute Mittag!" sagt, sondern bin gespannt, was es hier zu entdecken gibt. Bald sitze ich in einer Ecke inmitten von Holzspielzeug, während Schwester Elfriede damit beschäftigt ist, weinende Kinder in den Arm zu nehmen und zu beruhigen.

Als Kindergartenkind mit meiner Mutter

Als ich gerade Holzklötze auf den Karren hinter dem Pferdegespann lade, muss ich Pipi. Ich erhebe mich, verlasse meine Spielecke, gehe mitten in den Raum und sage laut und vernehmlich: „A Köhni!"
Niemand interessiert sich für mich. Noch etwas lauter rufe ich: „A Köhni!" Nach dem dritten Rufen kommt endlich Schwester Elfriede und sieht mich fragend an. Inzwischen schluchzend wiederhole ich mein „A Köhni".

Schwester Elfriede presst mich an ihre weiße Schürze, hinter der ich einen großen weichen Bauch spüre. Das tut gut, aber ich muss Pipi.
Als mein Weinen noch stärker wird und weitere A-Köhni-Schluchzer ohne Erfolg bleiben, lässt Schwester Elfriede mich los und sagt: „Ich verstehe leider nicht, was du möchtest, Dieter, ich rufe mal deine Mutti an." Dann verschwindet sie in einem Nebenraum.
Nach langer, langer Zeit kommt Schwester Elfriede zurück, nimmt mich auf den Arm und geht endlich mit mir zum Klo. Dabei habe ich doch gleich „A Köhni!" gerufen…

Mit dem Dreirad zur Singstraße (1954)

Es geht ein kräftiger Wind an diesem Freitag im Oktober 1954. Eine Doppelseite des Duisburger Generalanzeigers wird von der Ladefläche unseres Kleinlasters „Tempo-Dreirad, Modell Matador" aufgewirbelt. Der Wind hatte sie zwischen all den Umzugs-Utensilien auf dem kleinen LKW entdeckt und treibt sie nun über den Asphalt der Fahrbahn. Ich sitze zwischen all dem Zeug auf der Ladefläche des Dreirads. Mir ist ein bisschen kalt.
„Na gut, für das kurze Stück" hatte mein Vater auf der Straße vor der alten Wohnung auf meine bettelnde Frage, ob ich hinten auf der Ladefläche sitzen dürfe, geantwortet.
„Eugen!" wollte meine Mutter gerade anfangen, ihre Einwände zu machen. Aber da hatte mein Vater das Dreirad schon angelassen, ich war längst hinten draufgeklettert, und wir ließen das Haus in der Lösorter Straße hinter uns.
In der Lösorter Straße wohnen wir in der ersten Etage, über Onkel Fritz, Tante Hertha und deren Tochter, die immer so blaue Lippen hat. Später erfahre ich, dass sie einen Herzfehler hat.
Onkel Fritz ist ein sportlicher Mann. Er kassiert auch bei uns für die „Volksfürsorge". Wir geben ihm Geld und bekommen solche kleinen Klebemärkchen, die meine Oma sorgfältig in das dazugehörige Heftchen klebt.

Mein Vater neben unserem Dreirad

Wir biegen rechts in die Regenbergastraße ab und erreichen über Spessart- und Brückelstraße bald die Singstraße, wo mein Vater das Dreirad vor dem Haus, in dem wir jetzt wohnen werden, parkt. „Warte mal hier", sagt mein Vater und verschwindet in das Haus.
Inzwischen klebt die Zeitungsseite an einer Aschentonne. Die Backsteinbauten auf der anderen Straßenseite haben auf den Hauswänden neben den Haustüren weiße Kreise, in die hinein Buchstaben gemalt sind. „Wenn man während des Krieges bei Bombenalarm Schutz suchte, sagten einem diese Kreise mit den Buchstaben, wo man den Luftschutzkeller finden konnte", erklärte mir später meine Oma. „'Shr', zum Beispiel", sagte sie, „bedeutet ,Schutzraum hinten rechts'."
Nach rechts, bis zu einer Mauer, die das Grundstück eines kleinen, älteren Hauses begrenzt, das näher zur Straße hin gebaut worden war, stehen drei dieser wohl ehemals sechs Backsteinbauten. Nach links schließt sich eine Ruine an, dann folgt bis hin zu einem „Konsum" eine mit dichtem Gestrüpp bewachsene, eingeebnete Fläche.
Zerstörte Häuser kenne ich schon von der Lösorter Straße, besonders auf dem Stück zwischen dem Gerhardsplatz, wo ja mein Kindergarten liegt, und dem Hüttenwerk.
„All diese Häuser", erzählte meine Oma weiter, „haben den Bombenhagel auf Meiderich im Krieg nicht überstanden. Meiderich hat sich

davon noch nicht erholt." Da wurde sie ernst und hatte noch mehr Falten auf ihrer Stirn als sonst.

Endlich – da kommt mein Vater aus dem Haus, hilft mir von der Ladefläche und gibt mir ein kleines Regalbrett in die Hand. Er selbst klappt die rechte Bracke der Ladefläche runter und zieht einen schweren Karton vom Wagen. Zusammen gehen wir in unsere neue Wohnung.

Ich stelle das Regalbrett in den Korridor und erobere mir unser zukünftiges Reich. ‚Boh, ist die groß', denke ich und als ob mein Vater meine Gedanken errät, ruft er: „Oben wohnen wir auch noch!"

Ich renne mit großen Augen zu ihm, er nimmt mich an die Hand und zeigt mir die beiden Zimmer in der ersten Etage. „Das ist dein Zimmer", sagt er, als wir den ersten Raum betreten haben. Links, an der Wand zum Hausflur, steht ein alter Ölofen und in der Ecke ist ein Waschbecken.

„Für meine Spielsachen" rufe ich viel zu laut und zeige auf den in die Wand unter dem Fenster eingelassenen Wandschrank.

Eine weitere Tür führt in das andere Zimmer. „Da schlafen Oma und Ursel", sagt mein Vater nicht ohne Stolz über so viel mehr Platz als in unserer Wohnung in der Lösorter Straße.

Draußen vor der Haustüre treffen wir Onkel Fritz, der meinem Vater beim Abladen helfen will. Ich gucke, welche Kinder ich in den Backsteinhäusern am Fenster sehe und natürlich hinüber zu der Ruine: Was es da wohl zu finden gibt? Ich überlege kurz, ob ich hinüber gehen soll. In diesem Moment höre ich das Geräusch eines Autos. Es ist meine Mutter mit unserem schwarzen Käfer. Seit einem Jahr hat meine Mutter auch einen Führerschein. Der Käfer ist bis unters Dach voll mit Kartons und Kleinkram. Mein Vater und Onkel Fritz, die das Dreirad inzwischen entladen haben, helfen meiner Mutter, alles in die Wohnung zu tragen.

Der Führerschein meiner Mutter

Freitags ist Badetag (1954)

Wir sind endlich eingezogen. Rechts vom Korridor sind das Badezimmer und unsere Küche.
Hier in der Singstraße gibt es nicht nur eine Badewanne, sondern auch einen Gas-Boiler, der möglich macht, dass gleich heißes Wasser in die Wanne fließt.
Eine weitere Türe führt vom Badezimmer aus in den kleinen Raum, in dem die Toilette und das Waschbecken sind. Hier gibt es auch ein Fenster zum Hof.
Eine Badewanne hatten wir in der Lösorter Straße nicht. Sie bleibt aber zunächst den Erwachsenen und meiner 11-jährigen Schwester vorbehalten. Ich bade zunächst noch weiter in der Zinkwanne. Freitags ist weiterhin Badetag.
Dass Freitag ist, merke ich daran, dass nachmittags die Zinkwanne in der Küche steht. Kessel um Kessel heißes Wasser, das meine Oma auf dem Küchenherd sieden lässt, gießt sie in die Zinkwanne. Dann

schüttet sie kaltes Wasser dazu und prüft mit der linken Hand, ob die Temperatur gut für mich ist. Jedes Mal, wenn ich in die Wanne steige, ist das Wasser zu heiß. Als sich Füße und Unterschenkel endlich an die Temperatur gewöhnt haben, tauche ich vorsichtig den Po ein, um sofort wieder erschreckt hochzufahren.

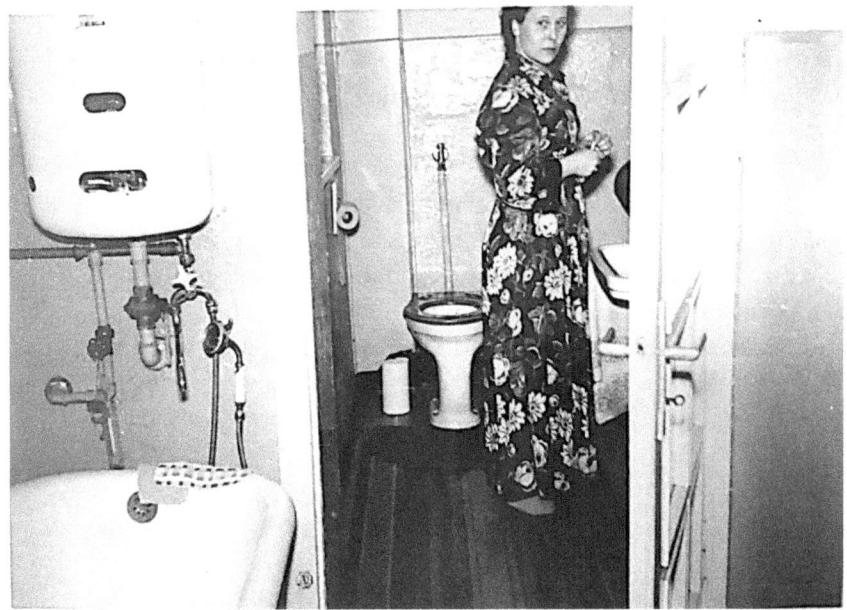

Meine Mutter in unserem Badezimmer auf der Singstraße

Als endlich alles passt, genieße ich das Bad in der Küche und von Zeit zu Zeit gießt mir meine Oma einen Kessel heißes Wasser nach. So vergeht schon mal eine Stunde oder mehr. Danach gibt es einen frischen Schlafanzug. Meine Oma hat mir inzwischen schon ein Brot geschmiert und ein Glas Milch dazu gestellt.
Danach geht es ins Bett. Meine Oma betet noch mit mir und gibt mir einen Kuss. Dann legt sie mir noch die frische Unterwäsche, die ich morgen früh anziehen soll, heraus.
Später, wenn ich in die Schule gekommen sein werde, werde ich auch in der großen Badewanne baden. Um Wasser zu sparen, werde ich in das Wasser steigen, in dem schon mein Vater gebadet haben wird. Es wird noch warm genug sein, aber am Rand wird schon Seifenschaum schwimmen…

Die Tonköpfe von 'Max und Moritz' an unserer Korridorwand

Wenn man vom Badezimmer aus durch den Korridor nach rechts geht, sieht man links an der Wand die Tonköpfe von Max und Moritz hängen. Ihr Blick geht in die ihnen gegenüber liegende Küche. Wahrscheinlich wollen sie herausfinden, ob meine Oma Hühnchen auf dem Herd stehen hat. Als ob sie nichts dazu gelernt hätten… Wehe, wehe, wehe…

Meine Oma hat den Ofen schon angesteckt. Max und Moritz sehen, wie sie gerade die runde Eisenscheibe aus der Mitte der Herdplatte nimmt und dann Eierkohlen aus der „Kohlentröte" ins Feuer schüttet. Es wird kuschelig warm werden und später will meine Oma eine Linsensuppe auf dem Herd kochen.

Meine Oma – sie ist immer für mich da. Sie kocht so lecker, und sie verwöhnt mich sehr.

Meine Oma mit ihrer Sonntagsschürze in unserer Küche

‚Ihrer Hühner waren drei ...' (1955)

Von den beiden Zimmern, die wir oben noch haben, habe ich ja schon erzählt. Diese beiden Zimmer sind durch einen kleinen quadratischen Korridor von einer weiteren Wohnung in der ersten Etage abgetrennt. Da wohnt Frau Scheuer mit ihrem fetten Dackel Jule.
Frau Scheuer wohnt schon lange in dem Haus und hat deshalb die Erlaubnis, Hühner im Hof zu halten. Es gibt sogar einen richtigen Hühnerstall aus Maschendraht mit Wellblechdach. Von der Aschentonne aus, die im Hof rechts am Hühnerstall steht, könnte man auf das Wellblechdach klettern, was Frau Scheuer natürlich strengstens verboten hat. Auch, um die drei Hühner und den Hahn, der fast genau so fett ist wie der Dackel, nicht zu erschrecken.
„Das kann ja heiter werden!" ruft meine Mutter aus, als der Hahn eines Vormittags nicht aufhören will zu krähen. Ich muss wieder an Max und Moritz denken...

Mit meinem Ballonroller auf unserem Hof

Die Hoffläche, die sich an den Hühnerstall anschließt, ist unversiegelter, schwarzer Erdboden, sozusagen als Auslauf für die Hühner. Die Hofhälfte links von der Treppe ist bis zur Mauerkante des Badezimmers mit Bürgersteigplatten ausgelegt, der übrige Teil ist mit Beton ausgegossen. Im hinteren Teil trennt eine grüne Teppichstange die Hofhälften.
Wenn man groß wäre, könnte man daran turnen. Später soll ich an dieser Teppichstange hängend erleben, wie ein erster Pfeifton über meine Lippen kommt. Monatelang werde ich zuvor daran herumgeübt haben! Ziegelsteinmauern begrenzen den Hof zu dem von Passmanns, zum gegenüberliegenden Haus, das an der Brückelstraße steht, und nach rechts zu Frau Seemann. In der Mauer zu Passmanns ist unten

ein Loch. Jemand muss da ungefähr sechs Ziegelsteine herausgenommen haben.
Wie ich später mitbekommen habe, war das eine Vereinbarung zwischen dem „ollen Klemp" und Herrn Passmann. Der „olle Klemp" ist so etwas wie der Liebhaber von Frau Scheuer. Manchmal sitzt der betrunken in unserer Haustür. Vielleicht weil Frau Scheuer ihn nicht ins Haus gelassen hat. Wenn sie ihn hineingelassen hat, schleicht er manchmal zu dem Loch in der Mauer, und Herr Passmann steckt ihm zwei Flaschen Bier durch.
Ob eine davon für Frau Scheuer ist und was die sonst noch so machen, weiß ich nicht.

Das magische Auge (1955)

Inzwischen wohnen wir schon ein Jahr auf der Singstraße. Im Parterre befinden sich neben Bad und Küche noch das Schlafzimmer meiner Eltern, unser Wohn-Esszimmer und das Büro.
Wenn man durch die Wohnzimmertüre geht, steht man zunächst im Esszimmer. An der linken Wand steht der Wohnzimmerschrank. Darin sind die Gläser, das gute Geschirr und das Sonntagsbesteck aufbewahrt. Obenauf steht eine Uhr, die jede Viertelstunde so fürchterliche Töne von sich gibt, dass sie nie aufgezogen wird, also stumm bleibt.
In der Ecke rechts zwischen dem Fenster zur Straße und dem großen Durchbruch zum Wohnzimmer steht eine Musiktruhe. Sie trägt ein riesengroßes Radio von „Loewe-Opta". Es hat ein magisches Auge, an dem man erkennen kann, wie gut der Sender eingestellt ist. Das magische Auge fasziniert mich.
Die Truhe selbst hat eine obere Klappe, unter der sich der „Dual"-Plattenspieler verbirgt. Man kann verschiedene Geschwindigkeiten für den Plattenteller einstellen: 78, 45 und 33. Meistens ist 78 eingestellt. Mit der Geschwindigkeit lassen meine Eltern ihre Schellack-Platten abspielen, gerne solche von Rudolf Schock. Mein Vater besitzt darüber hinaus alle „Electrola"-Platten der „Pico Bello"-Folgen. „Jim, Jonny und Jonas" oder „Die Schmiede im tiefen Forst" sind nur zwei der vielen, vielen Titel.
Die Platten stehen in Drahtbügeln, die mit rot-weißem Kunststoff

bezogenen sind, in dem Fach unter dem Plattenspieler. Öffnet man die zwei Türen unter dem Plattenspieler-Fach, fällt der Blick auf die ganze Pracht der Sammlung meiner Eltern.
Allerdings: Es gibt auch einige Märchenplatten, die ich ebenso gerne höre wie diejenigen Märchen, die Eduard Marx sonntags um 14.15 im Radio erzählt. Da muss das magische Auge absolut optimal eingestellt sein. Manchmal gibt es Ärger, wenn das Sonntagsessen sich hinzieht und ich den Anfang von Eduard Marx' Märchen zu verpassen drohe. Wenn es Möhren untereinander - zumal mit Frikadellen - gibt, ist das nicht ganz so schlimm.
Das hinter dem Esszimmer liegende Wohnzimmer fällt dadurch auf, dass es zwar groß, aber nicht ganz rechtwinklig ist. Das liegt daran, dass sich das kleine Haus der Familie Passmann nebenan, in dem es einen kleinen Kolonialwarenladen gibt, und unser Haus mit ihren Giebelwänden in einer leichten Kurve der Singstraße aneinander lehnen. So entsteht in der Ecke hinter dem Sofa ein spitzer Winkel, der nicht sinnvoll genutzt werden kann, sagt meine Mutter. Später wird noch davon zu reden sein, welche geniale Idee mein Vater zu diesem Thema haben wird.

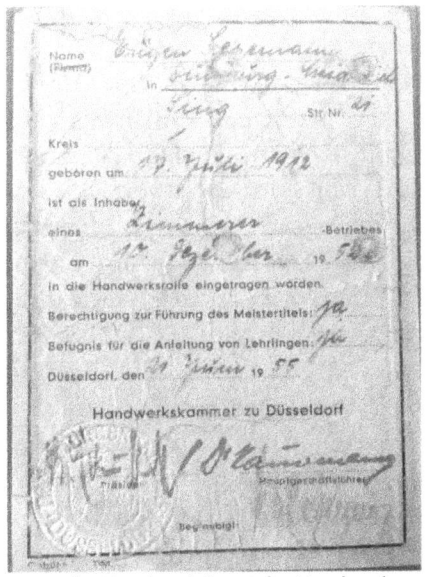

Aus der Handwerkskarte der Handwerkskammer Düsseldorf

Schließlich gibt es noch einen weiteren Raum auf der linken Seite des Korridors: das Büro.
Mein Vater hatte seit 1952 unseren Zimmereibetrieb bei der Handwerkskammer in Düsseldorf angemeldet. Im Augenblick besucht mein Vater gerade die Meisterschule in Tübingen und ist deshalb zurzeit auch nur manchmal am Wochenende zu Hause. Onkel Otto, einer unserer beiden Poliere, führt so lange die Geschäfte.
Im Büro stehen zwei Schreibtische, rechts der meines Vaters, auf dem übrigens immer eine Kiste mit Handelsgold-Zigarren steht, und links der meiner Mutter. Außerdem natürlich Aktenschränke und – an der Wand links – ein kleiner

dreieckiger, roter Tisch mit zwei passenden Stühlen für Besucher. An der Wand neben der Tür steht der Zeichentisch meines Vaters, wo er auf große weiße Papier- oder Pergamentbögen mit feinen Stiften und ungewöhnlichen Linealen Entwürfe für Dachstühle zeichnet.

Ach ja, und quer zu den beiden Schreibtischen eine alte Truhe, die meine Oma zu ihrer Verlobung geschenkt bekommen hatte. Wahrscheinlich, weil sonst nirgendwo ein Platz für die Truhe war.

Mit dem Käfer nach Tübingen (1955)

Bei uns zuhause herrscht große Aufregung. „Wir fahren Vati aus Tübingen abholen, Dieter", hat meine Mutter beschlossen.

Mein Vater ist auf der Zimmereifachschule Kress in Lustnau, einem Stadtteil von Tübingen in Baden-Württemberg, um seine Meisterprüfung abzulegen. Am kommenden Freitag sollen die letzten Prüfungen sein.

Eigentlich wollte mein Vater nach seiner Schulzeit, die 1926 zu Ende ging, eine Lehre als Drogist anfangen. Sein Vater, mein Opa August, der jetzt schon fünf Jahre tot ist, bestand aber darauf, dass mein Vater das Zimmermannshandwerk lernt. Schließlich war mein Opa Zimmermeister und wollte, dass mein Vater in seine Fußstapfen tritt.

Wir wollen meinen Vater mit unserem schwarzen Käfer, Baujahr 1953, in Tübingen abholen. Das wird die erste längere Autofahrt meiner Mutter, seit sie am 10. Oktober 1953 ihre Führerscheinprüfung in der Fahrschule Kullmann in Meiderich bestanden hat. Nach Tübingen sind es immerhin bald 500 km.

Meine Mutter ist wahnsinnig aufgeregt. Seit Tagen liegt auf dem Esszimmertisch eine „Autobahnstreckenkarte Deutschland" und ein Zettel, auf dem sich meine Mutter in ihrer gestochen scharfen Handschrift die Fahrtroute aufgeschrieben hat: Duisburg – Köln – Wiesbaden – Landstraße bis Frankfurt – Autobahn Heidelberg – Karlsruhe – Stuttgart – Landstraße bis Tübingen. Immer wieder nimmt sie den Zettel zur Hand und fährt mit dem Finger, die Städtenamen murmelnd, die Strecke auf der Autokarte ab.

Freitagmorgen um 5.00 Uhr ist es dann so weit. Meine Mutter lädt unseren Koffer ins Auto. Er passt gerade unter die Fronthaube des

Käfers. „Und wo soll Vatis Koffer auf der Rückfahrt hin?" frage ich. „Das wird schon gehen. Hinten neben dir ist ja dann noch Platz", antwortet sie genervt. ‚Aber da steht doch schon unsere Proviantasche', denke ich. Meine Oma hat am Abend vorher noch Frikadellen gebraten, eine kleine Schüssel mit Kartoffelsalat gibt es auch. Zum Glück auch Brote – ich mag keinen Kartoffelsalat – Obst und etwas Süßes.
Es ist dunkel. Die Gaslaternen tauchen die Singstraße in schummriges, gelbliches Licht. Wir sitzen im Auto, ich auf dem Beifahrersitz. Meine Mutter prüft noch einmal die Rückspiegel. Der Käfer springt an. Meine Mutter zieht den Lichtknopf heraus, legt den ersten Gang ein, löst die Handbremse und gibt etwas Gas. Der Wagen rollt einen Meter, bockt, der Motor ist wieder aus. Beim zweiten Versuch klappt es besser. Der Aschenbecher ist herausgezogen. An ihm klebt – mit zwei Tesafilmstreifen – der Zettel mit der Fahrtroute. Wir fahren los.
Meine Mutter sitzt kerzengerade hinter dem Lenkrad, das sie mit beiden Händen fest im Griff hat. Als wir endlich auf der Autobahn Richtung Köln fahren, entspannt sie sich langsam und steckt sich eine Zigarette an.
Nach der Hälfte der Zigarette dreht sie den Radioknopf nach rechts und „Tryin' to get to you" von Elvis Presley ist krächzend zu hören.

Meine Mutter mit unserem schwarzen Käfer, Bj. 1953, mit dem Kennzeichen BR 262-417 ('B' für Britische Besatzungszone, 'R' für Rheinland, 262 = eine der Kennzahlen (260-279) für Duisburg)

„Dieter, da unten im Fußraum ist so ein Hebel. Das ist der Kraftstoffhahn, mit dem man auf Reserve umschalten kann. Dreh den mal nach rechts! Wir müssen bald tanken."

Kurze Zeit später, wir sind irgendwo zwischen Frankfurt und Heidelberg, setzt meine Mutter den rechten Winker. Wir fahren auf eine Tankstelle und tanken voll. Wir gehen noch pinkeln, meine Mutter nimmt mich mit aufs Frauenklo, und dann geht's weiter.

Ohne Probleme erreichen wir gegen Mittag Tübingen und nach drei Mal fragen finden wir den Ortsteil Lustnau und die Bebenhäuser Straße, an der die Zimmereifachschule Kress und der Gasthof ‚Zum Adler' liegen, in dem meine Mutter und ich übernachten werden.

Wir parken unseren Käfer auf dem Parkplatz des Gasthofes, sagen kurz Bescheid, dass wir angekommen sind und uns später anmelden werden. Wir wollen schnell hinüber zur Zimmereifachschule und hoffen, meinen Vater zu treffen.

Als wir in den Innenhof der Fachschule kommen, versammelt sich eine große Gruppe von Männern gerade zu einem Fototermin. Als mein Vater uns sieht, springt er von seinem Platz in der ersten Reihe auf,

Mein Vater (1. Reihe, 6. von rechts) und ich (auf seinem Schoß) im Kreise der Meisterabsolventen der Zimmereifachschule Kress

kommt mit schnellen Schritten auf uns zu, gibt meiner Mutter einen dicken Kuss und nimmt mich auf den Arm. „Ich muss schnell zurück zum Foto", sagt mein Vater und läuft mit mir auf dem Arm zurück. „Hast du bestanden?" ruft meine Mutter uns noch hinterher. „Ich weiß nicht", ruft er zurück, „der Bescheid kommt in den nächsten Tagen mit der Post!"
Ich bleibe auf seinem Arm und darf beim Foto auf seinem Schoß sitzen, in der ersten Reihe.
Nachmittags fahren wir noch zum Lustnauer Tor in eine Gaststätte. Ich esse den ersten Toast Hawaii meines Lebens!

Die Mitarbeiter unserer Zimmerei bereiten meinem Vater (1. Reihe, ganz links) einen tollen Empfang. Vorn in der Mitte: meine Mutter

Sieht der liebe Gott mein Knibbeln? (1955)

Nächstes Jahr nach Ostern komme ich in die Schule. In die Volksschule an der Brückelstraße. „Da hast du es gut", sagt meine Mutter, „da brauchst du nur einmal um den Block." Sie hat es dann aber auch gut, denke ich, sie muss mich ja bringen und holen. Im Augenblick hat sie es nämlich schlecht. Mein Kindergarten ist schließlich am Gerhardsplatz.
Von der Lösorter Straße aus waren wir ja schnell da. Jetzt fährt mich meine Mutter, wenn das Wetter es zulässt oder wenn mein Vater den schwarzen Käfer braucht, manchmal mit dem Fahrrad zum Kindergarten. Ich sitze dann in dem Metallsitz mit Löchern, der an der Lenksäule ihres Fahrrades befestigt ist und genieße die Fahrt durch die Schwarzwaldstraße.
Schwester Elfriede und die anderen Schwestern passen im Kindergarten auf uns auf, singen und spielen mit uns oder sehen uns beim Spielen auf dem großen Hof zu.
Heute – es ist der letzte Tag vor Heiligabend – geschieht etwas ganz Spannendes. „Der liebe Gott", sagen die Schwestern, „hat für jeden von euch ein Weihnachtsgeschenk. Er wird die Geschenke gleich in Körben vom Himmel herablassen, und jeder darf sich eins herausnehmen."
Dann werden alle Fensterflügel geöffnet, und wir starren erwartungsvoll hinaus. Und tatsächlich: Vor jedem der Fenster taucht ein geflochtener schwarz-brauner Korb auf, von dessen Griffen jeweils ein kräftiges Seil stramm gen Himmel führt. ‚Der liebe Gott muss wirklich allmächtig sein', denke ich. ‚So viele Körbe voller Geschenke, so viele Seile!'
Die Kleinen, die 3- und 4-Jährigen, bleiben erstaunt und wohl auch ein bisschen ängstlich einige Meter entfernt von den geöffneten Fenstern stehen, während wir Größeren so nah wie möglich an die Fenster herangehen, einen langen Hals machen, den Kopf verdrehen und so versuchen, einen Blick nach oben zu werfen. Vom lieben Gott ist weit und breit keine Spur. Es ist allerdings wolkenverhangen an diesem Nachmittag. So ist die Erklärung schnell gefunden. Der liebe Gott muss mitten über unserem Kindergartenhaus über den Wolken sein und die schweren Körbe an seinen starken Armen vor unsere Fenster geführt haben.

Die Schwestern ziehen die schweren Körbe nach innen und setzen sie mitten im Raum ab. Wir Kinder stehen brav, aber aufgeregt im Kreis um die Körbe herum und dürfen, eines nach dem anderen, vortreten und uns ein Geschenk herausnehmen.

Zufrieden mit den Weihnachtsgeschenken auf dem Schoß meiner Oma

Öffnen dürfen wir das kleine Päckchen nicht. „Das nehmt ihr mit nach Hause und bittet eure Mutter, es am Heiligen Abend unter den Christbaum zu legen", ordnen die Schwestern in strengem Ton an, „der liebe Gott wird darauf achten." Als ich später auf dem Rücksitz unseres schwarzen Käfers mit meiner Mutter nach Hause fahre, halte ich das Päckchen in der Hand. Als meine Mutter gerade die Laaker Straße überquert, führe ich das Päckchen tief in den Fußraum hinter dem Beifahrersitz hinunter und fange an, an der Verpackung zu knibbeln.

Ich schwitze. Mein Blick wandert zwischen dem Päckchen unten im Fußraum des Käfers und den Wolken, die ich durch das Seitenfenster sehen kann, hin und her.

‚Bestimmt guckt er jetzt', denke ich und entschließe mich dann zu dem Satz: „Mutti, legst du das Päckchen dann Heiligabend unter den Weihnachtsbaum?" Ich bin plötzlich irgendwie erleichtert.

„Ja, natürlich", antwortet meine Mutter, „schön, dass du so geduldig bist."

Als wir fast am Ende der Spessartstraße sind, wird mir klar, dass dies ja meine letzten Weihnachten im Kindergarten waren. Ich bin gespannt, ob die Schule auch so aufregende Sachen zu bieten hat.

Ich denke schon darüber nach, wie man den Schulweg spannend machen könnte. Wenn die Brückelschule nur um den Block ist, könnte ich ja auf die Aschentonne in unserem Hof klettern, von da auf den Hühnerstall, dann…, aber das hatte Frau Scheuer ja streng verboten.

II Brückelschüler (1956 – 1959)

Walters Armbrust (1956)

Am Tag meiner Einschulung am 12. April mit meiner Mutter auf dem Hof in der Singstraße

An meinem ersten Schultag ist die ganze Familie versammelt, und es gibt die obligatorischen Fotos. Meine Schwester macht mit ihrer Agfa Click II, die sie im letzten Jahr zu ihrem zwölften Geburtstag bekommen hat, natürlich ihre eigenen. In der Schultüte, die meine Mutter und meine Oma selbst gebastelt haben, ist allerlei Leckeres: Zoutjes, Knöterich, Salmiakpastillen, Prickel Pit, Liebesperlen, Pfefferminzbruch und vieles mehr. Natürlich auch Nützliches wie ein kleines Etui mit Griffeln und ein gehäkelter Tafellappen.

Endlich bin ich Schüler der Volksschule an der Brückelstraße. Ich bin in der Klasse 1b, meine Lehrerin heißt Frau Tomuscheit. Sie kommt jeden Morgen mit dem Zug aus Mülheim. Sie wäscht sich morgens kalt, hat sie uns einmal erzählt.

Ich habe 47 Mitschüler, einige kenne ich aus dem Kindergarten, zwei Mädchen habe ich schon mal aus dem Fenster gesehen, sie wohnen auch auf der Singstraße uns gegenüber: Waltraud und Ingrid. Meine Mutter hat mir gesagt, dass seien Flüchtlingskinder. Ihre Familien sind Ende des Krieges aus den deutschen Ostgebieten geflohen oder vertrieben worden. Mir ist nur aufgefallen, dass die ein bisschen anders sprechen als ich.

**Die Klasse 1b mit ihrer Klassenlehrerin Frau Tomuscheit.
Ich stehe in der vorletzten Reihe als vierter von links.**

Meine Oma Martha, ihre Eltern und ihre vier Geschwister waren auch Flüchtlinge. Sie flohen aus Giewerlauken in Ostpreußen, als russische Soldaten dieses Gebiet während des ersten Weltkrieges besetzt hatten. Meine Oma, ihre Schwestern Berta und Minna verschlug es nach Meiderich, Tante Emma ist jetzt in Schiefbahn bei Krefeld zu Hause und Onkel Albert landete in Fallersleben bei Wolfsburg.

Meine Oma hat mir mal erzählt, dass die Flucht damals auch etwas mit Geldproblemen zu tun hatte. Ihre Eltern hätten bei Giewerlauken ein Gut besessen und ihr Vater hätte sich mit einem benachbarten Gutsbesitzer auf ein Handschlag- und Ehrenwortgeschäft eingelassen. Der habe sich dann aber nicht an die Verabredung gehalten. Daraufhin sei das Gut so hoch verschuldet gewesen, dass es wohl keine Perspektive mehr geboten habe.

Ob das alles wirklich so war, weiß ich natürlich nicht. Die Erwachsenen erzählen man sich manchmal über Flüchtlinge, dass sie oft behauptet hätten, in der Heimat ein Gut besessen zu haben und bei näherem Hinsehen seien es „drei Schüppen Wind hinterm Haus und ein dicker Hahn an einer Kette" gewesen.

Das erste Zeugnis vom 30. Oktober

In unserem Schulgebäude sind zwei Schulen: Die Volksschule, die ich besuche, und die Hilfsschule. „Da sind die Kinder, die nicht so gut lernen können und mehr Hilfe brauchen. Deshalb heißt die Schule auch so", erklärt uns Frau Tomuscheit. Und als wir das erste Mal gemeinsam auf den Schulhof gehen, zeigt sie uns die Mädchen- und Jungentoiletten, unseren kleinen Außensportbereich mit Wiese und Weitsprunganlage und wo die Grenze zur Hilfsschule ist, die wir auf keinen Fall übertreten dürften. Schon gar nicht dürften wir die Kinder ärgern oder auslachen. Später lerne ich Robert kennen. Robert ist Schüler der Hilfsschule, zum Auslachen finde ich ihn nicht. Manchmal treffen wir uns nachmittags zum Spielen. Robert ist in Ordnung.

Waltraud, eins von den Flüchtlingsmädchen, hat einen Bruder, der Walter heißt. Walter und Waltraud, da hatten ihre Eltern aber eine gute Idee! Walter ist ein paar Jahre älter als wir, er ist schon 14, hat schon eine Männerstimme und kann tolle Sachen.

Einmal hat er eine Art Armbrust gebastelt: zwei stabile Holzleisten mit Rödeldraht zum Kreuz verbunden, ein starkes Gummi, wie von einem Riesen-Einmachglas, und ein Stück Moniereisen. „Wo hast du das alles her?" fragen wir ihn neugierig. Er legt den Zeigefinger seiner rechten Hand senkrecht auf die Mitte seiner Lippen und dreht seine Augen vielsagend in Richtung der Ruine, die sich links an die Häuserreihe, in deren ersten Haus Walter mit seiner Familie wohnt, anschließt, und nickt unterstützend leicht mit dem Kopf in die gleiche Richtung.

Dann steht er auf, und wir folgen ihm zu dem Brachgelände links neben der Ruine. Er bleibt stehen, spannt das Moniereisenstück in das Gummi und zieht es über die Längsachse des Leistenkreuzes auf seine

breite Brust zu. Dann lässt er los. Ein dreikehliges „Boooh!" begleitet den Flug des Moniereisens in den Himmel über dem Brachland. „Das sind 1000 Meter!" schätzt Helmut begeistert. „Höher!" ist sich Günter sicher, „viel höher!".
Auf dem Weg zurück werfen wir einen Blick in die Ruine und beschließen, da morgen mal herumzuströpen. Heute schaffen wir das nicht mehr. Es wird gleich dunkel und die Gaslaternen flackern schon auf. Wir müssen rein, wenn wir keinen Hausarrest riskieren wollen. Walter ist unser Freund.

Die nackte Tänzerin (1956)

Einmal im Monat spielen Tante Hanne, Tante Lenchen, Tante Trude und meine Mutter Rommé. Beim Spielort wechseln sich die vier Frauen immer ab.
Heute ist meine Mutter Gastgeberin. Das merkt man tagsüber schon daran, dass es irgendwie hektischer ist als sonst. Schließlich muss Naschwerk auf dem Tisch stehen, die Schnittchen rechtzeitig vorbereitet und Getränke besorgt werden. Bei Getränken muss man nicht lange überlegen, denn es gibt immer das gleiche: ‚Racke rauchzart', Cola und Mineralwasser.
Dieses Mal ist es aber besonders hektisch, denn man Vater hat sich für heute Abend auch Skatgäste eingeladen. Da Tante Hanne und Tante Trude schon Witwen sind, kommen also noch Onkel Albert, der Mann von Tante Lenchen und als dritter Mann Onkel Willi, der oben in der Dachgeschoss-Wohnung unseres Hauses wohnt.
Gleichzeitig mit dem Schlagen der Wohnzimmeruhr, die auf dem Gläserschrank im Esszimmer steht – irgendjemand muss speziell für den heutigen Abend das Uhrwerk aufgezogen haben -, klingelt es an der Haustüre, und fast alle Gäste kommen gleichzeitig.
Wenig später klingelt auch Onkel Willi von oben. Man sitzt noch kurz gemeinsam um den Wohnzimmertisch herum, trinkt etwas und erzählt über dies und jenes.
Die Rommé-Frauen-Runde wird am runden Esszimmertisch stattfinden, auf dem schon ein Romméspiel, ein Block und ein Bleistift liegen. Zwischen den Stühlen stehen zwei kleine gekachelte Beistelltischchen,

auf denen sich jeweils zwei Whiskygläser der Serie ‚Ingrid-Goldrand' auf ristallgläsernen Untersetzern, eine Schale mit Erdnüssen, Veilchenpastillen und Schokoladenstückchen sowie ein Aschenbecher befinden.
Die Männer werden zum Skatspielen am Couchtisch sitzen bleiben, Onkel Albert auf dem Sofa, Onkel Willi und mein Vater in den grünen Sesseln mit Armlehnen. Sie haben sich beide ein Kissen in den Rücken gelegt, damit man nicht so weit vom Tisch des Geschehens entfernt sitzt. Die Männer haben Erdnüsse und Salzstangen in ihrem Naschschälchen, und jeder hat drei Untersetzer in Reichweite: einen für die Bierflasche, einen für das Glas und einen, auf dem schon ein Schnapsgläschen steht. Auch hier stehen zwei Aschenbecher.

So sah die ‚Tänzerin-Ecke' etwas später in der Vorweihnachtszeit aus: Nippes statt Nacktheit! Die ganze Familie und Cocker Anka scheinen zufrieden.

Auf dem Teil des Tisches, der nicht zum Skat spielen gebraucht wird, steht noch das goldfarbene Rauchservice. Es besteht aus einem kleinen Tablett, auf dem ein schweres Feuerzeug, ein Drehaschenbecher und eine Dose mit Zigaretten für die Gäste stehen. Auf dem Kachelofen steht neben der Vase mit den frischen Blumen eine elektrische Eule, deren Aufgabe es ist, den Abend über den Rauch zu verzehren.
Natürlich ist in beiden Räumen das große Licht an. Darüber hinaus

kann mein Vater heute zum ersten Mal unseren Gästen stolz unsere neue Wohnzimmerecke präsentieren.

Von dem spitzen Winkel in unserem Wohnzimmer, den die Wand zur Straße und die zu Passmanns Haus bilden, habe ich ja schon einmal erzählt. Natürlich kann man in eine solche Ecke kein Möbelstück stellen, und hinter dem Sofa gähnte bisher ungenutzter Raum.

Nun kam aber neulich wieder Schreiner Kinzel ins Spiel, der sich das „Elend", so nannte es mein Vater, einmal ansehen und eine gute Idee dazu entwickeln sollte. Schreiner Kinzel hatte eine blendende Idee: Eine biegsame, vom Boden bis zur Decke reichende Pressspanplatte macht die Ecke jetzt rund und das „Elend" etwas kleiner. Etwa genau in der Mitte dieser Platte war eine Art Fenster von 40x50 cm ausgesägt, das indirekt beleuchtet werden kann und hinter dem sich sogar eine kleine Platte befindet, auf die man etwas stellen kann. Das Wohnzimmer war dann neu tapeziert worden, und alles sieht aus, als wäre es immer so gewesen. Unseren Gästen ist auch nicht aufgefallen, dass die Ecke jetzt rund ist.

Mein Vater greift also an den Schalter für die indirekte Beleuchtung des Fensterchens, der sich am Ende eines Kabels, das zwischen Armlehne und Sitzpolster des Sofas versteckt liegt, und schaltet das Licht ein. Dann nimmt er das dünne Brett, das er extra zum Zwecke der Enthüllung vor das Fensterchen gestellt hat, zur Seite.

Der Blick aller fällt auf eine etwa 35 cm hohe Statue, die eine nackte, dunkelhäutige Tänzerin auf einem kleinen Sockel zeigt.

Stolz saugt mein Vater die bewundernden Kommentare unserer Gäste ein. Ich schäme mich ein wenig, vielleicht wegen der Nacktheit der Tänzerin. Ich glaube, meiner Mutter geht es genau so.

Bald geht es dann aber endlich mit dem Kartenspielen los. Ich wandere von Tisch zu Tisch und höre mir die eigenartigsten Kommentare an: „Lenchen, ich komm' nich' vor Tür sein Loch!" klagt Tante Trude. „Ich habe drei Doppelte", stimmt Tante Hanne in die Klagen ein, während meine Mutter am Ende des Spiels verkündet, dass ihr eine Karte zum Rommé-Hand gefehlt habe, wobei sie das Wort ‚Karte' so ausspricht, als würde es mit sieben „r" geschrieben. Kartenspielen scheint eine ernste, leidvolle Angelegenheit zu sein.

Am Männertisch ist es auch nicht viel anders. Onkel Albert behauptet, der Alte habe drin gelegen, während mein Vater angeblich nur Luschen auf der Hand gehabt habe und Onkel Willi seine Vollen auch nichts genützt hätten.

Als ich zwei Stunden später noch einmal ins Zimmer komme, um „Gute Nacht" zu sagen, kommt noch einmal gewaltig Stimmung auf. Mein Vater schreit: „Contra!" und haut gleichzeitig mit seinem 585er Siegelring einen Riss in die Rauchglasplatte unseres Wohnzimmertisches.

„Eugen!" fährt meine Mutter hoch und in Sekundenschnelle stehen alle um den entstellten Tisch herum. „Komm, Dieter", sagt meine Oma von der Türe her, „es ist spät". Ich sage: „Gute Nacht", was scheinbar keiner mitbekommt und bin froh, dass bei Mau-Mau der Tisch heil bleibt und wir ganz normales Deutsch reden.

Bei Tante Trude (1957)

Von der Bäckerei Worm auf der Kirchstraße bis „Zum Deutschen Eck" von Tante Trude an der Ecke Von-der-Mark-Straße sind es nur wenige Schritte, vorbei an einem Haus, das auch, genau wie das Haus, in dem die Kneipe ist, Tante Trude und Onkel Helmut gehört.

Onkel Helmut sieht man selten. Wenn, dann steht er in einem grünen Parallelo, unter dem er nur ein Feinripp-Unterhemd trägt, in der Tür neben der Theke, durch die man auch gehen muss, wenn man zum Klo will. Manchmal trinkt er auch ein Glas Bier. Auf dem Glas steht in roter Schrift „Helmut". In dem Gläserschrank im Rücken der Theke stehen viele Gläser mit Namen in roter Schrift: „Benno", „Kar", „Floh" und viele andere und auch eins, auf „Eugen" und eins auf dem

Hinter der Theke im „Deutschen Eck": Links neben Tante Trude ihr Mann, der (ausnahmsweise) „jecke" Onkel Helmut, ganz links Tante Trudes Vater

„Margret" steht. Das sind die Gläser der Stammgäste, zu denen auch meine Eltern zählen.

Meine Mutter trinkt gerne mal ein „Schuss", das ist ein helles Bier mit einem Schuss Dunkelbier.

„Das ist nicht so bitter", sagt meine Mutter.

Meist ist es freitags so gegen viertel vor sechs, wenn meine Mutter Tante Trudes Kneipe betritt, oft bin ich dabei. Manchmal ist mein Vater schon da und steht an der Theke. Er hat die Löhnung zu den Zimmerleuten auf den Baustellen und dem Lagerplatz an der Sommer-Ecke Gabelsberger Straße gebracht und freut sich, wenn wir kommen. Meine Mutter bekommt einen Kuss, ich einen Wischer auf den Hinterkopf und die Worte: „Na, Sputnik." Seitdem man Vater im Radio gehört hat, dass der russische Erdsatellit, der in diesem Jahr am 04. Oktober in die Umlaufbahn geschossen worden ist, „Sputnik" heißt und dass „Sputnik" so viel wie Weggefährte oder Begleiter bedeutet, habe ich diesen Namen bei meinem Vater weg.

Ich bin gern in Tante Trudes Kneipe, nicht nur, weil sie die zweitwunderbarsten Frikadellen macht und weil es für 50 Pfennig eine kleine Vollmilchschokolade mit Nuss in grünem Papier gibt. Manchmal schenkt mir Tante Trude eine Schokolade.

Von der Kirchstraße geht es erst drei Stufen hoch, bevor man nach

Draußen auf der Treppe: Oben rechts Tante Trude, ganz rechts meine Mutter, links neben ihr Rommé-Schwester Tante Hanne

rechts die Kneipentüre öffnen kann. Gleich rechts zwischen zwei Fenstern steht ein alter Bollerofen, der es auch im Winter gemütlich warm macht. Sechs schwere Holztische und Stühle aus dunklem, rotbraunem Holz verteilen sich im Gastraum und ein weiterer Tisch mit einer Eckbank und Stühlen steht in der Ecke rechts neben der Theke. Da sitzen meine Eltern und ihre Freunde am liebsten. Das ist der Stammtisch.
Meine größte Aufmerksamkeit bekommt immer ein massiver Holzpfosten, der, etwa 3 Meter von der Theke entfernt, mitten im Raum steht. An ihm sind nämlich zwei Spielautomaten befestigt. Regelmäßig bekomme ich von meinem Vater ein paar Groschen zum Spielen. Eigentlich darf ich das als Achtjähriger noch nicht, aber Tante Trude drückt beide Augen zu.

Am Stammtisch: ganz links mein Vater, ganz rechts Skat-Bruder Onkel Albert

Ich schiebe mir einen der Stühle vor meinen Lieblingsautomaten und knie mich darauf. Mein Lieblingsautomat ist der linke von den beiden. Er ist nicht viel anders als der rechte, aber etwas moderner. Bei dem rechten muss man noch einen Eisenhebel, der eine weiße Kunststoffkugel an seinem vorderen Ende hat und der sich an der rechten Seite des Spielautomaten befindet, nach unten drücken, nachdem man Geld

eingeworfen hat.
Dann erst beginnen sich die Walzen mit den Zahlen zu drehen. Wegen dieses Hebels nennen ihn die Leute den „einarmigen Banditen".
Ich kann mir inzwischen denken, warum er so genannt wird: Er stiehlt den Leuten ihre Groschen, meistens jedenfalls.
Na ja, ich spiele lieber an dem linken Automaten und knie mich also auf den dunkelbraunen Holzstuhl. Das reicht, um den Groschen in den Geldschlitz zu stecken. In dem Automaten drehen sich drei Zahlenräder, die nacheinander stehen bleiben. Jedes Rad hat ein Feld auf der Glasfront des Automaten, in dem dann eine Zahl zwischen 1 und 5 erscheint. Das Rad links und das in der Mitte kann man noch einmal starten, wenn sie stehen geblieben sind, das rechte Rad kann man vorzeitig selbst stoppen.
Bei den Zahlenkombinationen 1-1-1 und 1-1-3 gewinnt man zehn Groschen. Dann klappert es ordentlich im Geldausgabefach. An der Theke drehen sich die Leute um und gratulieren zum Höchstgewinn. Die Leute, das sind fast ausschließlich Männer, viele von ihnen Handwerker, wie ich im Laufe der Zeit herausgefunden habe. Bei 3-3-1 und 3-3-3 gewinnt man acht Groschen und hat man Zweien vorn und in der Mitte, gewinnt man mindestens zwei Groschen.
Manchmal habe ich Glück und gewinne insgesamt 1 Mark 50 oder sogar zwei Mark. Die kommen dann in die Hosentasche und zu Hause ins Sparschwein. Oft habe ich auch Pech und das Startkapital, das mein Vater mir gegeben hatte, ist schon nach 10 Minuten in dem Banditen ohne Arm verschwunden.
Bald beginne ich mich zu langweilen, sitze noch etwas am Stammtisch, wo meine Eltern und ihre Freunde sitzen und beantworte artig Fragen nach der Schule.
Schließlich sagt mein Vater: „Trude, kann ich mal bezahlen?" „Woher soll ich das wissen?" fragt Tante Trude, die keinen Scherz auszulassen pflegt.
Es ist viertel vor sieben. Wir gehen die drei Stufen aus dem „Deutschen Eck" hinunter und über die Kirchstraße, wo auf der anderen Seite, vor dem Milchgeschäft Jetten unser Auto steht.
Ich freu' mich auf das Freitag-Abendbrot mit Weser Landbrot und Westfälischem Knochenschinken und natürlich vor allem auf meine neuen Fix und Foxi -, Tom und Jerry - und Micky Maus - Comics.

Masurisch für Kinderohren (1957)

Einmal im Monat treffen sich meine Oma Martha und ihre beiden Schwestern Berta und Minna. Sie treffen sich dann sonntags zum Kaffee, immer abwechselnd bei uns auf der Singstraße oder bei Tante Berta und Tante Minna auf der Eickenstraße.

Meine Oma mit ihren drei Schwestern im Hof auf der Singstraße.
Von links: Tante Berta, Tante Minna, meine Oma, Tante Emma

Insgesamt sind es fünf Geschwister, aber Bruder Albert wohnt ja in Fallersleben bei Wolfsburg im VW – Häuschen seiner Tochter und seines Schwiegersohns und Schwester Emma wohnt mit ihrer Tochter und deren Sohn in Schiefbahn bei Krefeld.
Manchmal fragt meine Oma mich, ob ich mitgehen möchte, wenn sie zu ihren Schwestern in die Eickenstraße geht. Obwohl es an diesen Sonntagnachmittagen eigentlich nichts Aufregendes für mich zu erleben gibt, gehe ich immer gerne mal mit.
Es ist ein kalter Novembertag. Ich habe meine gefütterten Schuhe und den warmen Mantel an. Meine Oma hat auch ihren schwarzen Wintermantel mit dem Pelzkragen angezogen und trägt einen schwarzen Hut. Die meisten Kleidungsstücke meiner Oma sind schwarz. ‚Bestimmt, weil sie schon alt ist', denke ich.
Wir gehen durch die Herkenberger Straße und die Walzstraße, die nach der Kurve am Schlachthof schon Eickenstraße heißt. Nachdem wir die Bronkhorststraße überquert haben, liegt das Haus von Tante Berta und

Tante Minna bald auf der rechten Seite. „Das ist ein kleiner Bergmannskotten", hat Tante Berta mir mal erklärt. Ihr längst verstorbener Vater hat früher mal auf der Zeche Westende gearbeitet.
Wir gehen die drei Stufen zur Haustüre hoch und meine Oma dreht die goldene Drehklingel drei Mal nach rechts. Bald hören wir drinnen eine Türe und Schritte, die sich der Haustüre nähern. Tante Berta öffnet uns, die Schwestern umarmen sich, und auch ich werde gedrückt. In dem Moment kommt auch schon Tante Minna die Treppe herunter. Sie hat ihre Zimmer oben. Das Begrüßungsritual wiederholt sich.
Dann gehen wir in Tante Bertas Wohnzimmer. Es ist mollig warm und der Ofen bullert. Der Tisch ist schön gedeckt für vier Personen.
Dass ich mitkomme, wusste Tante Berta. Sie und meine Oma haben am Samstag miteinander telefoniert.
Die schöne Standuhr, die links neben dem Ofen steht, schlägt zwei Mal: Es ist halb vier. Und das goldene Pendel in dem Glaskasten der Uhr bewegt sich weiter hin und her, als ob nichts gewesen wäre.
Nach selbstgebackenem Apfelkuchen mit Sahne und einem Glas Apfelsaft frage ich Tante Berta, ob ich in den Garten gehen darf.
„Natürlich", sagt sie, „zieh aber deinen Mantel an und mach die Tür hinter dir zu. Und pass auf bei der steilen Treppe!"
Nachdem ich meinen Mantel angezogen habe, gehe ich durch die winzig kleine Küche, von der aus eine Tür in den Garten führt. Ich steige die steile Treppe hinunter und bleibe kurz am Hühnerstall stehen. Tante Berta und Tante Minna haben einige Hühner und einen Hahn. Manchmal läuft das Federvieh auch im Garten herum, heute sind sie aber alle im Stall. Mir fallen plötzlich wieder Max und Moritz ein.
Ich gehe auf dem schmalen Weg, der durch lauter mit Steinen eingefasste Vierecke führt, in denen die Tanten unterschiedliche Dinge anpflanzen. Jetzt ist natürlich nichts davon zu sehen. Als mir kalt wird, gehe ich wieder ins Haus. Es wird auch schon langsam dunkel.
Die Schwestern sitzen immer noch am Kaffeetisch und erzählen. Tante Minna zündet eine dicke Kerze an. Ich setze mich in eine Ecke des Sofas, lausche den Geschichten und beobachte das Pendel in der Uhr. So ungefähr muss die Uhr ausgesehen haben, in der sich einst das Geißlein vor dem Wolf versteckt hat.
Es ist bald ganz dunkel, aber Tante Berta macht kein Licht an. Die Schwestern sind jetzt bei Geschichten von früher angekommen, als sie als Kinder zusammen mit ihren Eltern auf dem Gutshof in

Giewerlauken in Ostpreußen gelebt haben. Sie sprechen ganz leise, und wenn es lustig wird, sieht man es nur an den lachenden Gesichtern, das Lachen selbst hört man nicht. Es scheint immer lustiger zu werden, und plötzlich verstehe ich kein Wort mehr. Sie sprechen auf einmal eine ganz andere Sprache und das Lachen verschwindet nicht mehr aus ihren Gesichtern. Auch, wenn ich nichts verstehe, muss ich doch irgendwie mitlachen.

Die Standuhr schlägt sechs Mal. „Jetzt müssen wir aber los", sagt meine Oma und erhebt sich gleichzeitig. Wir bedanken uns für Kaffee, Apfelsaft und Kuchen, ziehen unsere Mäntel an, meine Oma setzt noch ihren Hut auf, und wir verabschieden uns.

„Ihr habt immer so leise gesprochen und wenn ihr gelacht habt, hat man das Lachen gar nicht gehört. Warum?" frage ich meine Oma, noch bevor wir die Bronkhorststraße erreicht haben.

„Ach, weißt du, das haben wir uns früher als junge Frauen so angewöhnt. Mein Vater hat immer gedacht, wenn wir Mädchen zusammengestanden und gelacht haben, dass wir nicht genug zu tun hätten trotz der vielen Arbeit auf dem Bauernhof. Deshalb haben wir gelernt, leise zu reden und leise zu lachen."

„Und was habt ihr auf einmal für eine komische Sprache gesprochen?" bin ich weiter neugierig.

„Das war Masurisch", erklärt meine Oma.

„Masurisch, wo spricht man das denn und wieso könnt ihr das?"

„Masurisch ist eine Sprache, die wir früher auch in meiner Heimat in Ostpreußen gesprochen haben."

„Aber jetzt sprecht ihr doch eigentlich immer Deutsch. Warum habt ihr denn vorhin die Sprache gewechselt?" bleibe ich hartnäckig.

„Ach, Dieter", antwortet meine Oma, „es gibt Geschichten, die sind nicht für Kinderohren."

Das dunkle für ‚unten rum' (1958)

„Jetzt leg doch mal das Heft weg!" wird meine Oma ungeduldig, wenn ich mich zwischen Abendbrot und Schlafengehen wieder einmal nicht von meinen Comic-Heften trennen kann. Viele habe ich schon drei oder vier Mal gelesen, aber irgendwie werden die Geschichten nie langweilig. Selbst die Werbung im mittleren Teil der Hefte hat etwas Spannendes: „Torpedo-Dreigang – damit fahrt ihr jedem in der Ebene davon. Wo andere längst schieben…" Ja, so ein Fahrrad mit einer Torpedo-Dreigang-Schaltung, Freilauf nach hinten und zwei Handbremsen, so ein Fahrrad wäre klasse. Zwar komme ich auch mit dem alten schwarzen Damenrad meiner Oma, das natürlich keine Gangschaltung hat und eigentlich auch viel zu groß für mich ist, überall hin, aber so ein neues Jungen-Fahrrad mit Gangschaltung hätte ich sehr gern.
Jetzt ist aber Schlafenszeit. Ich öffne den Deckel meiner Küchenbank und lege das Heft auf den entsprechenden Stapel – falls es in der Bank aufgeräumt ist. Meine Oma geht voraus ins Badezimmer.
Vor dem Zubettgehen soll ich erst noch pinkeln. Manchmal klappt es problemlos, manchmal aber auch nicht. „Ich muss gar nicht", sage ich zu meiner Oma, aber die duldet da keinen Widerspruch. Sie öffnet den Wasserhahn im Waschbecken, und ich muss den kleinen Finger meiner rechten Hand unter den feinen Wasserstrahl halten. Und erstaunlicherweise muss ich nach wenigen Augenblicken pinkeln.
Dann wasche ich mir Hände und Gesicht und achte anschließend darauf, dass ich das richtige Handtuch vom richtigen Haken nehme. Das richtige ist nämlich das helle für Gesicht und Hände. Auf dem anderen Haken hängt ein schwarz-dunkelgrau kariertes Handtuch. Nur ganz wenige der Karos sind dunkelrot oder dunkelblau. Das dunkle ist für „untenrum", also für alles unterhalb des Bauchnabels, also auch für die Füße.
„Unten rum" scheint aber heute alles so weit in Ordnung zu sein, so dass es nach „oben rum" gleich ans Zähne putzen geht. Ich nehme meine Kinderzahnbürste und drücke mir eine Schlange „Blendi mit Fruchtgeschmack" auf die Borsten. Dann putze ich mir, nachdem ich aus Versehen ein kleines Stück der Schlange auf meine Zunge befördert, an den Gaumen gepresst und hinuntergeschluckt habe, unter den aufmerksamen Blicken meiner Oma meine Zähne. Schließlich trockne ich mir den Mund mit dem Handtuch für „oben rum" ab.

Morgen ist Freitag, da kommt das Handtuch für „unten rum" nach dem Baden auf jeden Fall zum Einsatz. Übermorgen hängen dann ein frisches helles und ein frisches dunkles Handtuch auf den Haken. Meine Oma kämmt mich noch, zieht einen ordentlichen Scheitel. Wahrscheinlich weil man im Bett meistens den lieben Gott trifft, und da muss man ja anständig aussehen.

Ich ziehe meinen Pulli wieder über das Unterhemd, weil wir ja jetzt durch den Hausflur nach oben gehen, wo mein Zimmer ist. Da ziehe ich dann meinen Schlafanzug an. Ich bin gespannt, ob ich den ollen Klemp im Hausflur treffe, weil er auf dem Weg zum Hof und zu dem Loch in der Mauer zu Passmanns ist.

Knicker – Los (1958)

Mit meiner Schwester im Hof am Tag ihrer Konfirmation. Etwa einen Meter vor meinen Füßen war immer der Knickerpott.

Im Laufe der Zeit sind Frau Scheuers Hühner alle im Suppentopf gelandet. Wenn man sich krank oder schlecht fühlt, soll Hühnersuppe ja Wunder wirken. Und der olle Klemp ist oft krank. Entweder von dem vielen Bier, das ihm Herr Passmann durch das Mauerloch gesteckt hat oder vom langen Sitzen auf den kalten Treppenstufen im Hausgang, wenn Frau Scheuer ihn wieder einmal nicht hineingelassen hat. Jedenfalls gibt es keine Hühner mehr in dem Stall auf unserem Hof. Der Stall verfällt langsam. Geblieben ist natürlich auch die unbefestigte Hoffläche, auf der die Hühner einst scharrten.

Jetzt ist sie idealer Spielplatz fürs Knicker-Spielen. Denn schließlich braucht man ein etwa 10 cm tiefes Knickerloch – auch „Pott" genannt – mit einem Durchmesser von vielleicht 12 cm, das man bequem mit Omas Friedhofsschüppchen ausheben kann.

Die Spielregeln sind einfach: Die beiden Spieler einigen sich zunächst auf eine Anzahl von Knickern, die bei dem Spiel zum Einsatz kommen sollen, z.B. jeder zehn. Dann markiert man die Abwurflinie. Die ist auf unserem Hof identisch mit der Kante des mit Bürgersteigplatten ausgelegten, befestigten Teils des Hofes. So ist man etwa dreieinhalb Meter vom Pott entfernt. Man wirft die Knicker abwechselnd Richtung Pott. Dann beginnt derjenige, der die meisten Knicker direkt in den Pott geworfen hat, bzw. dessen Knicker am nächsten am Pott liegt.

Man versucht nun durch Schnipsen, die Knicker in den Pott zu schießen. Dabei legt man den angewinkelten Daumen auf den Erdboden und presst ihn hinter den Zeigefinger, dessen Spitze ebenfalls den Erdboden berührt. Dann legt man dieses Fingergebilde direkt hinter einen Knicker. Auf keinen Fall darf man den Knicker dabei berühren! Dann ist sofort der nächste dran! Schließlich lässt man den Daumen mit Druck hinter dem Zeigefinger hervorschnellen.

Manchmal gibt es Diskussionen darüber, ob das Schieben der Knicker auch erlaubt ist. Dabei legt man die oberen beiden Fingerglieder des Zeigefingers auf den Erdboden hinter den Knicker und beschleunigt ihn dann durch Vorschieben des Zeigefingers Richtung Pott. Mit „Nein, Mädchen-Knickern gilt nicht!" ist dieses Thema aber schnell beendet.

Ziel ist natürlich das Knickerloch. Jetzt kann es passieren, dass der durch Schnipsen beschleunigte Knicker auf seinem Weg zum Pott einen anderen Knicker antitscht. Für diesen Fall muss man vorher vereinbaren: „Titsch in Tasche?" oder „Titsch in Pott?". Einigt man sich auf „Titsch in Tasche" wandern die Knicker, die sich getitscht haben, direkt in den eigenen Knickerbeutel, andernfalls kommen sie in den Knickerpott.

Landet der Knicker nicht im Pott oder titscht man keinen anderen, ist der nächste dran mit Schnipsen. Wer den letzten Knicker versenkt, hat alle Knicker gewonnen, die im Pott sind. So jedenfalls sind unsere Regeln. Es kann aber sein, dass die Regeln von Hof zu Hof unterschiedlich sind.

Tonknicker gibt es bei Haushalts- und Spielwaren Kilian auf der Ecke

Brückel-Augustastraße. Zwei Stück kosten einen Pfennig. Es gibt auch Glaser. Die sind eben nicht aus Ton, sondern aus Glas und haben innen farbige Schlieren. Die kleinen kosten fünf Pfennig, es gibt aber auch größere für 10, 20 oder sogar 50 Pfennig. Mit Glasern knickert man normalerweise nicht, dazu sind sie zu teuer. Die hat man einfach zum Angeben.
Heute habe ich mich mit Helmut zum Knickern verabredet. Meine Oma hat mir noch einen neuen Knickerbeutel genäht. Er ist blau-weiß kariert und hat oben eine Kordel zum Zusammenziehen. Helmuts Knickerbeutel ist grün-weiß.
Irgendwie habe ich an diesem Tag ein unglaubliches Glück, und nach zwei Stunden ist mein Knickerbeutel prall gefüllt und Helmuts ist leer. Er ist auch ein bisschen sauer, dass ich so ein unverschämtes Glück gehabt habe und geht beleidigt und ohne „Tschüss" zu sagen nach Hause.
Ich gehe stolz mit meinem prall gefüllten Knickerbeutel ins Haus und mische mir in der Küche ein Glas Himbeersaft, als es plötzlich schellt. Meine Mutter geht vom Büro aus an die Korridortüre und betätigt den Türöffner. Frau Meier, Helmuts Mutter, muss geschellt haben, denn meine Mutter begrüßt sie freundlich, aber mit einem Ton leichter Überraschung: „Guten Tag, Frau Meier."
Irgendwie bekomme ich – ich weiß nicht warum – einen Schreck und gehe an die einen Spalt breit geöffnete Küchentüre.
„Hör mal, Frau Lesemann, euer Jung hat unserem Jung die ganzen Knicker abgeluchst. Der sitzt jetzt zu Hause und heult. Ich kann dem nicht jeden Tag neue Knicker kaufen. Der Dieter soll die vom Helmut mal wieder hier in seinen Beutel tun."
Mir wird in der Küche abwechselnd heiß und kalt. Es ist eine Mischung aus schlechtem Gewissen und Wut. Eher Wut, denn schließlich habe ich die Knicker ehrlich gewonnen. Ich weiche einen Schritt zurück, als meine Mutter mit Helmuts grün-weißem Knickerbeutel in ihrer rechten Hand und saurer Miene in die Küche kommt. Sie macht nicht den Eindruck, als will sie ein Gespräch mit mir führen.
„So, hier tust du jetzt Helmuts Knicker rein!" sagt sie in einem Ton, der keinen Widerspruch zulässt und hält mir Helmuts Knickerbeutel hin. Innerlich kochend greife ich mehrmals in meinen Knickerbeutel und fülle die ehrlich erkämpften Tonkugeln in Helmuts Beutel. Als ich meine, jetzt sei es aber genug, höre ich auf und gucke meine Mutter

fragend an. Ihr Blick sagt mir, dass ich wohl noch zwei Fuhren nachlegen soll.
Dann verlässt sie mit dem fast wieder zur Hälfte gefüllten Knickerbeutel die Küche. „So, Frau Meier, jetzt scheint das wohl in Ordnung zu sein", sagt sie durchaus nicht freundlich und weicht einem weiteren Gespräch mit dem Hinweis auf dringende Arbeit im Büro aus.
Ich bin fix und fertig und schwöre Helmut ewige Feindschaft. Erst als er drei Tage später die Fußballbilder von Fritz Herkenrath, Karl-Heinz Schnellinger und Horst Szymaniak zum Tausch anzubieten hat, nähern wir uns wieder an.

... und mit dem Setra-Reisebus zurück (1958)

Es ist Freitag, der 29. August. Die Sommerferien, die in diesem Jahr spät liegen, gehen zu Ende. Nach den Ferien bin ich in der dritten Klasse. Am Mittwoch, dem 03. September geht die Schule wieder los. Irgendwie freue ich mich.
Heute freu' ich mich aber ganz besonders. Da der 31. August auf einen Sonntag fällt, kann meine Oma heute schon ihre Rente abholen.
Meine Oma hat eine kleine Rente, denn mein Opa war selbstständig und – wie ich bei Erwachsenengesprächen immer mitbekomme – „die Selbstständigen haben ja nicht geklebt". Was wohl soviel bedeutet, dass sie nicht ordentlich für ihre Rente vorgesorgt haben. Ob mein Vater, der ja unseren Zimmereibetrieb führt, klebt, weiß ich nicht.
Meine Oma wohnt bei uns im Haus und zusammen geht's uns gut, auch der Oma mit der kleinen Rente. Ich freue mich deshalb ganz besonders, weil ich mit zur Post auf der Gabelsberger Straße gehe, um Omas Rente abzuholen und da meistens etwas für mich „abfällt".
Nach dem Frühstück gehen wir los. Von der Singstraße aus durch den Tunnel am Meidericher Bahnhof, beim Bahnhofshotel um die Ecke und dann die ganze Von-der-Mark-Straße hinunter.
Als wir die Biesenstraße schon überquert haben und bei Behnke und Metzger Tummes vorbei sind, kommt schon Spielwaren Müller, wo ich mir gern die Nase am Schaufenster platt drücke. Gleich vorne links sind meistens die neuen Wiking-Modellautos. Und da steht er auch schon: der Reisebus Typ Setra, wie er im Katalog heißt oder der Setra-

Reisebus, wie ich ihn nenne.

Meine Oma halte ich an meiner rechten Hand, damit sie mir nicht wegläuft und vor allem, damit sie sieht, was ich sehe: den Setra-Reisebus. Meistens geht meine Oma nämlich auf dem Rückweg von der Post noch mit mir zu Müller rein, und ich darf mir einen Wiking-PKW kaufen. Im vorigen Monat war es eine weiße Borgward Isabella TS für 1 Mark 40.

Dann gehen wir weiter. Meine Oma bleibt noch kurz bei Sauter stehen, einem gut sortierten Haushaltswarengeschäft, und schaut sich ein Essgeschirr an.

Schließlich betreten wir die kleine Eingangshalle des Postgebäudes und gehen nach rechts durch eine Drehtüre in den Schalterraum. Rechts sind verschiedene Schalter, hinter denen Postbeamte in blauen Uniformen sitzen und Kunden wegen unterschiedlicher Angelegenheiten bedienen. An manchen Schaltern gibt es eine Schlange.

Geradeaus sind zwei Schalter, die eher einem Fenster für den dahinter liegenden Raum gleichen. Hier kann man Pakete und Päckchen abgeben oder abholen.

Dann auf der linken Seite sind noch einmal Schalter, an denen die Rente ausgezahlt wird. Meine Oma muss ihren Personalausweis und ihren Rentenausweis vorlegen. Die Beamtin sieht dann in einer Liste nach, und meine Oma bekommt ihr Geld auf die Theke vorgezählt. Meine Oma bedankt sich und steckt das Geld in ihr Portemonnaie und dieses in ihre schwarze Handtasche.

Dann verlassen wir das Postgebäude wieder, queren die Gabelsberger Straße und die Straße Auf dem Damm und biegen wieder nach rechts in die Von-der-Mark-Straße ein. Ohne noch einmal darüber gesprochen zu haben, gehen wir ins Spielwarengeschäft Müller und dort nach halb links.

„Was darf es denn sein?" fragt die Verkäuferin hinter der gläsernen Verkaufstheke. Da ich wieder kein Wort herausbringe, sagt meine Oma: „Der Jung' möchte sich ein Wiking-Auto aussuchen."

„Da hast du Glück", sagt die Verkäuferin, „wir haben einige neue Modelle hereinbekommen" und stellt nacheinander einen roten DKW 3=6, einen grün-weißen Opel Rekord 1500 und einen schwarzen Mercedes Kombi auf die Theke. Ich schiebe die Autos nacheinander verlegen auf der Glastheke hin und her, wobei mein Blick durch das Glas

Eine Meidericher Ansichtskarte aus dieser Zeit. Unten links, das zweite Geschäft auf der rechten Seite ist das Spiel- und Schreibwarengeschäft Müller.

der Verkaufstheke starr auf dem Setra-Reisebus verharrt. Er ist blau und grau und hat ein gläsernes Dach.
Plötzlich sagt meine Oma, die eigentlich gar keine Ahnung von Autos geschweige denn von Wiking-Autos hat: „Zeigen Sie uns doch mal den Setra-Reisebus da unten."
Ich gucke meine Oma an und werde knallrot, während die Verkäuferin nach unten greift und den Bus neben die drei PKW auf die Glastheke stellt. Ich traue mich erst gar nicht, ihn anzufassen und fahre ihn dann mit schwitzigen Fingern vorsichtig hin und her. „Ist der gut?" fragt meine Oma. ‚Was für eine Frage', denke ich, ‚der ist klasse!'
Dann fällt mein Blick auf das kleine Preisschildchen, neben dem der Bus noch vor einer Minute gestanden hat: 2 Mark 50. Ich komme ins Schwitzen, nicke aber trotzdem noch auf die Frage, ob der gut sei, meiner Oma zu.
„Dann nehmen wir den", sagt sie ohne zu zögern. Ich weiß nicht, wie mir geschieht und tapse wie auf Watte mit meiner Oma Richtung Kasse. „Das macht dann zwei Mark fünfzig, bitte", sagt die Verkäuferin und meine Oma legt zwei Markstücke und ein Fünfzigpfennigstück auf die Theke. Sie bekommt noch einen Kassenzettel, und wir gehen raus. Die Luft tut gut.
„Der war aber teuer, Oma", sage ich in dem sicheren Gefühle, dass ihr das nicht jetzt plötzlich klar wird und sie ihn wieder umtauscht.

„Na ja, jedes Mal geht das natürlich nicht, aber heute ausnahmsweise mal", sagt meine Oma und streicht mir über den Hinterkopf. „Ich freu mich immer, wenn wir etwas zusammen unternehmen", ergänzt sie noch. „Ich geh auch gerne mit dir einkaufen", sage ich ehrlich, „nicht nur wegen der Wiking-Autos." Ich nehme sie fester an die Hand.
In der anderen habe ich den Setra-Reisebus zwischen Daumen und Zeigefinger und beschreibe mit der Hand imaginäre Urlaubsfahrten in der Luft. Natürlich auch in der Hoffnung, dass möglichst viele meinen neuen Setra-Reisebus sehen.

Lohntütenball und Weser Landbrot (1958)

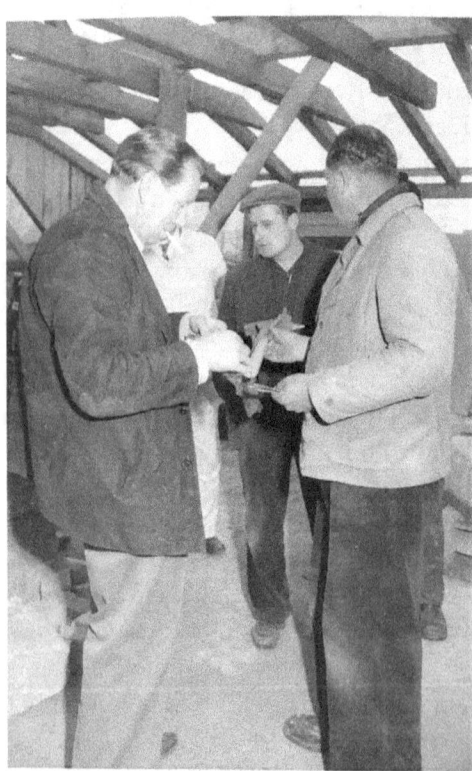

Mein Vater mit Mitarbeitern unserer Zimmerei auf einer Baustelle

Mein Vater bringt freitags die Löhnung rum. Die Löhnung, das ist das Geld, das unsere Zimmerleute von Montag bis Freitag verdient haben. Es steckt in gelblich braunen Lohntüten, die meine Mutter morgens im Büro gefüllt hat. Den Zimmerleuten hat sie so ungefähr 150 Mark in die Tüten getan, die Poliere bekommen mehr, manchmal 180 oder sogar 200 Mark. Drei Mal im Monat gibt es den so genannten wöchentlichen Abschlag, einmal die monatliche Restlöhnung. Die muss dann auf den Pfennig genau stimmen.
Wenn alles gut geht, gehen die Zimmerer dann nach Hause, geben die Lohntüten ihren Frauen. Sie selbst nehmen sich ein kleines

Taschengeld für Bier und Zigaretten und was man sonst so braucht. Die Frauen bestreiten von dem Geld die notwendigen Ausgaben und legen den Rest zurück. Schließlich muss am Ende des Monats die Miete gezahlt oder zum Beispiel für einen Wintermantel gespart werden.
Wenn nicht alles gut geht, ist Lohntüten-Ball. Dann geht der Zimmermann nicht sofort nach Hause, sondern erst mal in seine Stammkneipe, die Lohntüte in der Batzentasche. Dann kann es schon mal spät werden, weil das Helle so lecker ist. Dann wird der Zimmermann immer voller und die Lohntüte immer leerer. Zu Hause gibt es dann Ärger, das Taschengeld wird rigoros zusammengestrichen und in der kommenden Woche ist dann aber „Panhas am Schwenkmast". Es droht also Unangenehmes, so zum Beispiel, dass Schmalhans Küchenmeister ist. Das könnte zum Beispiel Möhren untereinander ohne Frikadellen bedeuten.
Am Samstag geht der gleiche Zimmermann dann zu Blumen Löwenhaupt auf der Von-der-Mark-Straße und kauft von dem ohnehin stark reduzierten Taschengeld drei Nelken für seine Frau, damit der Haussegen nicht mehr ganz so schief hängt.
Meine Mutter geht freitags einkaufen. Oft gehe ich mit, heute allerdings mal nicht. Sie geht erst zu „Leihbücherei und Zeitschriftenhandel Weymann" auf der Brückelstraße, gleich gegenüber von meiner Schule. In der Einkaufstasche hat sie drei dicke Buchschwarten, etwa im DIN A5-Format, nicht mehr ganz taufrisch. Die Titel heißen „Der Graf und das Fräulein Müller", „Dr. Freiberg rettet ein Leben" oder „Der Förster vom Silberwald". Diese Bücher hat meine Mutter in der letzten Woche gelesen und will sie jetzt bei Weymann für eine geringe Leihgebühr gegen andere mit ähnlich wichtigen Themen eintauschen.
Außerdem haben wir dort die „Hör Zu" für die kommende Woche bestellt und – jetzt kommt das Gute an der Sache – meine Mutter bringt mir jede Woche die neuen Ausgaben von „Micky Maus", „Fix und Foxi" und „Tom und Jerry" mit.
Dann bringt meine Mutter die Bücher, die „Hör Zu" und die Comic-Hefte kurz nach Hause – ist ja nur eben um die Ecke – und geht dann durch die Unterführung am Bahnhof, quert den Friedrichsplatz, der seit einigen Tagen in frischer roter Asche erstrahlt und betritt den Laden von Metzger Merkel, der in einem kleinen weißen Haus, das den Merkels gehört, untergebracht ist. Hinter der Theke ist die ganze Familie versammelt: Metzger Merkel, seine Frau, die Tochter der beiden

und die alte Frau Merkel. Freitags ist es bei Merkel voll, auch, weil es da die beste Fleischwurst gibt.
Meine Mutter kauft verschiedene Wurstsorten und – ganz wichtig – 2 Lagen Westfälischen Knochenschinken. Wenn ich dabei bin, bekomme ich die obligatorische Scheibe Fleischwurst und sage artig: „Danke." Meine Mutter ist dann stolz, dass ich so gut erzogen bin.
„Grüßen Sie Ihren Mann", ruft Herr Merkel immer hinterher, wenn wir den Laden verlassen.
Danach geht meine Mutter zur Bäckerei Worm auf der Kirchstraße. „Guten Tag, Frau Lesemann", begrüßt sie die alte Frau Worm, die immer hinter der Theke steht. „Ein halbes Weser Landbrot, wie immer? Ist wieder ganz frisch!" Wenn man weiß, wie groß ein Weser Landbrot ist, dann fragt man sich, wie wir als fünfköpfige Familie, das schaffen können.
Meine Mutter kauft außerdem ein halbes Pfund gute Butter, Weißbrot mit und ohne Rosinen und dies und das und – wenn ich dabei bin – gibt es noch 200g Geleefrüchte. Herrlich!

Aus Liebe zur Wäsche (1958)

Meine Familie ist evangelisch. Nicht, dass wir diese Tatsache in besonderer Weise herausgekehrt hätten, aber man war in dieser Zeit in Meiderich evangelisch oder katholisch, meistens jedenfalls.
Für den lieben Gott und das Beten ist in meiner Familie meine Oma zuständig. „Der liebe Gott hört und sieht alles", mahnt sie mich des Öfteren. Es ist nicht leicht, seine Gedanken so zu sortieren, dass man vor dem lieben Gott keine Angst haben muss. Abends, wenn ich mich zum Schlafen ins Bett gelegt habe, setzt sich meine Oma noch zu mir auf die Bettkante. Wir falten die Hände und sprechen ein Gebet, in dem ich den lieben Gott bitte, mich fromm zu machen, damit ich einst in den Himmel komme und dass er es nicht ansehen möge, wenn ich Unrecht getan hätte.
Nach dem „Amen" gibt mir meine Oma einen Kuss, und ich schlafe gut ein. Ich mag dieses Ritual.
Meine Oma geht ab und zu in die Kirche, meine Eltern selten, manchmal zu besonderen Anlässen. Meine Oma achtet darauf, dass ich

regelmäßig in den Kindergottesdienst gehe. Als ich noch kleiner war, ging ich zusammen mit meiner Schwester. Später, als meine Schwester – sie ist ja sechs Jahre älter als ich – schon konfirmiert ist, darf ich dann alleine gehen, bzw. mit meinem Freund Günter, der bei uns gegenüber wohnt. Wir gehen in das Gemeindehaus am Gerhardsplatz.
Wir gehen von der Singstraße aus um den Block auf die Brückelstraße Richtung Schule, biegen dann aber vor ihr nach rechts in die Spessartstraße, überqueren die Laaker Straße und kommen schließlich auf die Regenbergastraße, die auf den Gerhardsplatz zuführt.
Auf der Hauswand eines Hauses auf dem letzten Teil der Regenbergastraße prangt ein riesiges Werbeplakat für „Persil". Das fasziniert mich jedes Mal.
Der Hintergrund ist rot-braun. Im Vordergrund steht eine schlanke Frau mit weißer Bluse und lilafarbenem Rock. Sie hält ein riesiges grünes Paket Waschpulver fest umschlungen und drückt es an sich. Ihr Kopf lehnt an einer Seite des Pakets. Die Frau hat die Augen geschlossen, den Mund aber geöffnet, so dass man ihre weißen Zähne sieht. Sie sieht sehr glücklich aus! Auf dem Paket steht in großen weißen Buchstaben „Persil" und darunter in einem weiß umrandeten roten Oval, ebenfalls in weißer Schrift „Henkel". Und ziemlich weit unten auf dem Plakat steht – wieder in Weiß – „Aus Liebe zur Wäsche". Ich glaube, so muss ich mir eine verliebte Frau vorstellen. Auf dem Plakat sieht es so aus, als liebe sie das grüne Persil-Paket, eigentlich liebt sie aber wohl ihre Wäsche oder die ihrer Familie.
Wenn ich an unseren Waschtag zu Hause denke, glaube ich nicht, dass meine Mutter ihre Wäsche liebt. Denn der Waschtag ist ein Tag harter Arbeit, an der nahezu die ganze Familie beteiligt ist, jedenfalls in den Ferien.
Mein Vater hat es da gut, er muss arbeiten. Er fährt die Baustellen ab, sieht auf dem Lagerplatz an der Sommerstraße nach dem Rechten oder arbeitet manchmal beim Errichten eines Dachstuhls mit.
Schon früh morgens füllt meine Oma den Waschkessel für die Kochwäsche mit Wasser und heizt ihn mit Papier, Holz und Kohle an. Wir, meine Mutter, meine Schwester und ich bringen dann die schmutzige Wäsche nach unten in die Waschküche, wo sie auf verschiedene Haufen sortiert wird.

Meine Oma im Hof am Waschtag

Die Waschmaschine steht mitten in der Waschküche über einem Abfluss und ist schon elektrisch. Sie sieht aus wie ein großes Holzfass. Unten an der Waschmaschine gibt es einen Motor, den man mit einem Hebel in Gang setzen kann. Oben – nach vorne gerichtet - hält eine Eisenkonstruktion zwei Gummiwalzen, die durch eine Kurbel an der Seite in Rotation gebracht werden können. In diese Gummiwalzen werden am Ende des Waschgangs mit Hilfe eines Holzstabes – das Wasser ist ja heiß – die Wäschestücke gesteckt und dann mit der Kurbel hindurchgedreht, um das Wasser herauszupressen. Das Wringen ist meistens meine Aufgabe. Vom Wringer aus fällt die Wäsche in einen Korb, der unten bereitsteht. Ist der Korb voll, trägt ihn meine Schwester nach oben und hängt die Wäsche auf die Leine, die meine Mutter und meine Oma schon vorher im Hof gespannt haben. Das geht natürlich nur bei schönem Wetter. Sonst kommt die Wäsche auf den Speicher.

Wenn später die Bettwäsche abgenommen wird, sind wir zu zweit im Hof, um sie vor dem Zusammenlegen zu recken. Dabei reißen meine Schwester und ich uns schon mal einen Bettbezug-Zipfel aus der Hand, und der berührt dann den Boden. Wenn es keiner gesehen hat, legen wir das Betttuch trotzdem in den Korb.

Also, ich glaube nicht, dass meine Mutter ihre Wäsche liebt. Höchstens, wenn sie später sauber im Schrank liegt. Von meiner Großtante Berta haben wir einen Wäscheschrank mit vier Regalen geerbt. An der Stirn jedes Regalbretts ist eine rot umhäkelte Borte befestigt. Auf den vier Borten ist eine gestickte Weisheit zu lesen: *„Geblüht im Sommer-Winde, gebleicht auf grüner Au, liegt still es nun im Spinde, zum Stolz der deutschen Frau."*

Das klingt ein bisschen wie Liebe.

Günter und ich haben das evangelische Gemeindehaus am Gerhardsplatz längst erreicht und lauschen dem Wort Gottes im Kindergottesdienst. Heute ist ein besonderer Kindergottesdienst, nämlich der letzte

vor Weihnachten. Es ist Sonntag, der 21. Dezember, der 4. Advent. Zum Schluss bekommen alle ein Geschenk. Günter und ich haben Glück: Wir gehören zu denen, die einen weißen Porzellanteller mit goldenem Rand bekommen. Mitten auf dem Teller steht, ebenfalls in goldener Schrift: „Weihnachten 1958".
Morgen, am 22. hat meine Oma Geburtstag. Sie wird 64. Ich beschließe, ihr zusätzlich zu der kleinen Flasche Klosterfrau Melissengeist, die ich schon vom Sparschweingeld gekauft habe, den Teller zu schenken. Dann hat sie auch Glück.
Auf dem Nachhauseweg geht es noch darum, wer das Suchbildrätsel in dem Sonntagsblättchen, das wir wie immer bekommen haben, als Erster lösen kann.

Der liebe Gott schweigt (1958)

Bald gibt es schon wieder Sommerferien. Dabei sind die Osterferien noch gar nicht so lange vorbei, aber ich habe das Gefühl, schon sehr lange Schüler der dritten Klasse zu sein.
Kurz vor den Sommerferien geschieht etwas Außergewöhnliches. Eines Morgens sitzt Karin in unserer Klasse: eher klein, zierlich, blond und hübsch. „Stell dich doch mal hin", bittet Frau Tomuscheit Karin. Karin steht auf, ihre Wangen sind leicht gerötet, und sie blickt etwas verlegen in Richtung Tafel, vor der Frau Tomuscheit steht. „Das ist Karin", sagt sie, und ihr Blick wandert von Karin aus in die Runde über all unsere Gesichter. „Sie gehört jetzt zu uns. Sie hat bisher mit ihrer Familie in Bayern gewohnt. Jetzt sind sie hierher nach Meiderich gezogen, weil ihr Vater bei Thyssen eine Arbeit gefunden hat. Seid nett zu ihr und helft ihr, sich in unserer Schule zurechtzufinden."
Dann setzt sich Karin, und ich merke nach einer Minute, dass ich immer noch in ihre Richtung gucke, obwohl ich sie zwischen den Mitschülern gar nicht mehr sehen kann.
Frau Tomuscheit hat inzwischen mit der Rechenstunde angefangen und bevor ihre Adern am Hals anschwellen und sie einen roten Kopf bekommt, konzentriere ich mich lieber auf den Unterricht, soweit das möglich ist.
Es ist nämlich noch etwas anderes Außergewöhnliches passiert: Ich finde Karin hübsch. Habe ich je so über ein Mädchen gedacht? Haben

wir Jungens eigentlich überhaupt schon mal so über Mädchen gesprochen? Haben wir gesagt: „Die ist hübsch" oder gar jemanden gefragt: „Bist du verliebt in die?" Nicht in der Art. Wir haben wohl, um jemanden zu ärgern, gesagt: „Hey, du bist wohl verliebt in die." Das führte dann meist dazu, dass der Angesprochene einen roten Kopf bekam und aus Verlegenheit um sich trat oder uns boxte.
In der Pause ist Karin von einer großen Schar Mädchen umringt. Jede will die Netteste sein, jede am besten helfen. Einige verabreden sich für den Nachmittag mit ihr. „Wo wohnst du denn?" fragt Sybille. „Auf der Lösorter Straße", höre ich Karin sagen.
Für den Nachmittag habe ich mich mit Wilhelm verabredet. Er sitzt neben mir. Unsere Väter kennen sich. Wilhelms Vater hat ein Baugeschäft, da haben sie manchmal miteinander zu tun.
Es ist ein schöner Sommertag. Wir wollen uns mit unseren Rollern an der kleinen Grünanlage auf der Herkenberger Straße treffen. Als erstes stellen wir fest, dass wir genau die gleiche Lederhose anhaben. Sein Roller ist grün, meiner blau. „Wo sollen wir denn mal hin?" fragt Wilhelm. „Lass uns einfach etwas herumfahren", schlage ich vor. „Gut", stimmt Wilhelm zu, „dann fahr mal los".
Wir fahren zuerst an der Schule vorbei und biegen später in die Schwarzwaldstraße ab. Bei Dallinghoff stehen wie immer die Kästen mit den leeren Milchflaschen draußen neben der Ladentüre. Schließlich landen wir irgendwie am Gerhardsplatz, wo Schüler unserer Klasse und einige aus der Parallelklasse Fußball spielen. Als wir nach rechts die Lösorter Straße Richtung Hüttenbetrieb hochgucken, sehen wir eine Gruppe von Mädchen mit ihren Rollschuhen.
Mir wird plötzlich abwechselnd heiß und kalt. Es sind Mädchen aus unserer Klasse, die sich offensichtlich mit der Neuen, mit Karin, zum Rollschuhfahren verabredet haben.
„Das sind ja Mädchen aus unserer Klasse", ruft Wilhelm plötzlich aufgeregt, „lass uns mal kurz hin!"
„Nö, keine Lust", sage ich knapp und bin schon Richtung Regenbergastraße und Laaker Straße unterwegs.
„Warte doch mal!" wird Wilhelm jetzt etwas ärgerlich. Erst an der Reinholdstraße fühle ich mich genug außer Reichweite und bremse meinen Roller ab.
„Was ist denn los? Warum bist du denn auf einmal weg?" fordert Wilhelm jetzt eine Erklärung. „Meine Mutter hat gesagt, wir sollen mit den

Rollern nicht so weit weg", lüge ich, „das habe ich ganz vergessen. Ich habe keine Lust auf Hausarrest!"
Wilhelm scheint zufrieden mit dieser Erklärung, und wir einigen uns darauf, noch mal ein bisschen auf dem Schulhof zu fahren. Dort treffen wir noch Jungs aus unserer Klasse, die auch mit Rollern da sind. Wir bauen uns einen Slalom-Parcours mit Hilfe von Steinen und Aststücken, und Rolf misst die Zeit, die wir brauchen, um mit unseren Rollern hindurchzufahren. Ich werde Letzter!
Gegen sechs fahren wir um den Block in die Singstraße, und Wilhelm liefert mich an unserer Haustüre ab.
„Beim nächsten Mal bring ich dich nach Hause", verspreche ich. „Bis morgen!"
„Bis morgen!" ruft Wilhelm zurück, als er schon in Höhe des kleinen Ladens von Passmanns ist.
Beim Abendgebet mit meiner Oma bin ich, das muss ich eingestehen, mit meinen Gedanken nicht ganz beim lieben Gott. Ich bitte ihn zwar, wie immer, mich fromm zu machen und getanes Unrecht nicht anzusehen, aber lieber würde ich ihn fragen, ob er mir erklären könnte, was „verliebt sein" bedeutet und ob er glaube, ich sei es. Das traue ich mich natürlich nicht.
Als ich dann allein im Zimmer in meinem Bett liege und aufs Einschlafen warte, hoffe ich, dass der liebe Gott meine Gedanken dennoch gelesen hat und dass er mir eine Antwort gibt. Doch der liebe Gott schweigt.

Schulalltag (1959)

Frau Tomuscheit bekommt immer ein knallrotes Gesicht, wenn sie sich ärgert. Dann schreit sie auch manchmal herum. Wir haben fast alle Fächer bei ihr. Ich habe immer gestaunt, dass ein Mensch so viel wissen kann.
Das Fach „Schönschreiben" haben wir bei Frau Schweer. Da lernen wir eine ganz andere Schrift; Sütterlin heißt die. „Leibesübungen" unterrichtet Herr Göhl. Einmal, bei den Bundesjugendspielen, als gerade Weitsprung dran war, rief Herr Göhl: „Los, Leseknoten, du bist dran!" Dabei heiße ich doch Lesemann.

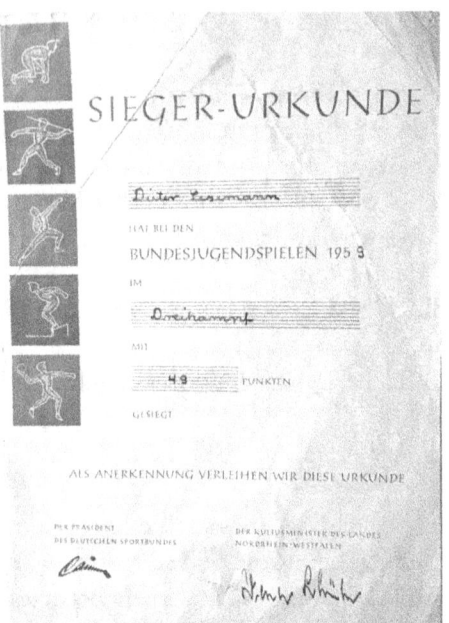

Meine ‚Siegerurkunde' von den Bundesjugendspielen 1959

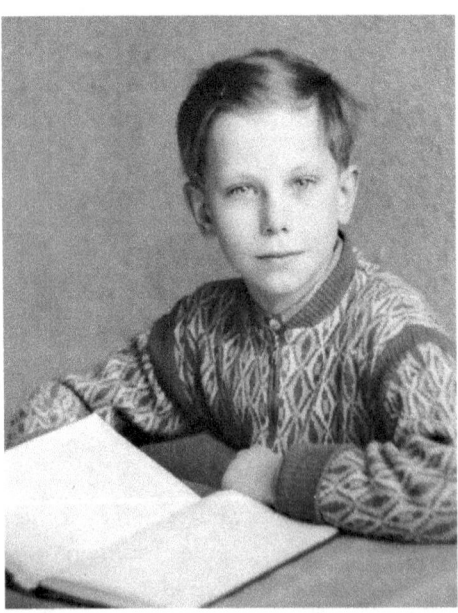

Beim Vorlesen, natürlich mit Klämmerchen

Komisch! Aber ich habe mich nicht getraut, ihn zu fragen, warum er mich so genannt hat. Vielleicht auch, weil auf der Siegerurkunde, die ich später bekommen habe, mein richtiger Name gestanden hat.

Wenn es zur Pause gongt und wir den Klassenraum verlassen dürfen, geht gleich hinter der Klassenzimmertüre ein Wettrennen los: einmal nach links, dann die wenigen Stufen zur Schulhoftüre hinunter und über die ganze Schulhofbreite bis zu dem Jägerzaun, der den kleinen Sportbereich vom Schulhof abgrenzt. Wer als Erster am Zaun anschlägt, hat gewonnen. Manchmal gibt es eine kleine Rangelei, weil wieder mal unklar ist, wer als Erster am Zaun war.

Die Rechenstunden beginnen oft mit Kopfrechnen. Das macht mir Spaß. Manchmal hält Frau Tomuscheit große, gelbliche Tafeln, die sicher mal weiß gewesen sind, mit Rechenaufgaben hoch. Wer sie am schnellsten lösen kann, darf sich setzen und braucht dann so lange nicht mehr mitzurechnen, bis alle 48 sitzen. Ich bin froh, wenn ich bald sitze, rechne aber heimlich einfach weiter mit.

Ich lese gerne. Ich frage mich manchmal, ob das etwas mit meinem Namen zu tun hat, denn schließlich lesen meine Oma, meine Eltern und meine Schwester auch gern. Vielleicht darf meine Schwester deshalb nach Hamborn zur Mittelschule gehen. Was heißt gehen? Sie muss immer mit der „9" nach Hamborn fahren und nach der Schule wieder nach Hause, nach Meiderich. Na ja, sie ist ja jetzt schon fast 16. Sie ist auf der Mittelschule, weil mein Vater meinte, sie könne dort „ihr Einjähriges machen". Die „Mittlere Reife" sei „gut für ein Mädchen". Später erfahre ich, dass er mit mir ähnliche Pläne hat.

Heute ist der Fotograf in der Schule. Deshalb legte mir meine Mutter am Morgen die weiß-blaue Strickjacke mit Reißverschluss heraus und steckte mir das für solche Anlässe unvermeidliche Klämmerchen ins Haar, damit mir keine Haare in die Stirn fallen. Den Scheitel hat sie heute noch präziser hingezirkelt. So sitze ich also wohl vorbereitet an einem Tisch, den man zum Zwecke der Fotografieraktion ganz hinten mittig an die Rückwand des Klassenzimmers gestellt hat. Vor mir auf dem Tisch liegt eine geöffnete „Pu und Ela"- Fibel, an die ich beidseitig vorschriftsmäßig Hand angelegt habe. Mein Gesichtsausdruck auf dem Foto, das meine Eltern zehn Tage später kaufen sollten, spricht Bände darüber, was in meinem Kopf vorgegangen sein muss.

Ingrid gebe ich einmal auf dem Schulhof eine Ohrfeige. Oder besser gesagt zwei, eine links und eine rechts. Ich weiß nicht mehr warum. Jedenfalls läuft sie weinend zu Frau Pagel, die Aufsicht hat. Wenig später sitze ich im Büro der stellvertretenden Schulleiterin Frau Schweer, die mir als Erstes ein Stückchen Tomate von einem Dessertteller anbietet. Nach dem Versprechen, so etwas ganz bestimmt nie wieder tun zu wollen, und dem, mich bei Ingrid zu entschuldigen, scheint alles wieder gut zu sein.

Vor einer Turnstunde bei Herrn Göhl stehe ich in der Jungen-Umkleide und bin dabei mich umzuziehen. Als ich die olivgrüne Manchesterhose heruntergezogen habe, stehe ich in einer von meiner Oma geschneiderten Unterhose im Raum, sehr zur Freude meiner Klassenkameraden. Meine Oma hat das Denken aus der Zeit des verschuldeten Gutshofes in Ostpreußen immer noch nicht abgelegt und tut das Ihre, um unsere Familie vor dem Verhungern, der Obdachlosigkeit oder anderen bedrohlichen Zuständen zu bewahren.

Eigentlich geht es uns mit der Zimmerei meines Vaters Ende der 50er Jahre aber recht gut.

Es ist Freitag kurz vor den Osterferien. Es gibt bald Versetzungszeugnisse. In der 4. Stunde ist Singen. Jeder muss Frau Tomuscheit eins der Lieder vorsingen, die wir im Sing-Unterricht miteinander geübt haben. Vor der ganzen Klasse! Das ist ein bisschen wie eine Strafe für den, der singen muss, sicher auch für Frau Tomuscheit, und ganz bestimmt für die Klasse. In einigen Jahren werde ich den Begriff ‚Folter' kennen lernen. Nach dem Gesang gibt Frau Tomuscheit dann die Note. Von „Hänschen klein" bis „Am Brunnen vor dem Tore" ist alles vertreten. Dann ist Peter an der Reihe. Peter ist größer als alle anderen, fast so groß wie Frau Tomuscheit, kräftig und hat schwarze, lockige Haare. Als Erster von allen, die bisher schon gesungen haben, steht er auf, nimmt die Pose eines Sängers ein und beginnt laut zu Schmettern: „Wo meine Sonne scheint und wo meine Sterne steh'n, da kann man der Hoffnung Glanz und …"

„Peter!" fährt Frau Tomuscheit mit scharfer Stimme dazwischen, und ihr Gesicht ist knallrot, „Das ist kein Lied, das wir gemeinsam geübt haben! Das ist ja ein Schlager!"

„Ein anderes kann ich nicht vorsingen", versucht Peter unsere Lehrerin zu überzeugen. Erfolglos. Auf seinem Zeugnis stand übrigens: „Singen: ausreichend".

Fenstertheater (1959)

Endlich! Wir bekommen einen Fernseher! Meine 16-jährige Schwester wohnt augenblicklich nicht zuhause.

Auf Bitte der Kaufmännischen Privatschule Bruckschen in Meiderich, auf der meine Schwester nach der Mittleren Reife angemeldet wurde, haben meine Eltern erlaubt, dass Ursel in Kaufbeuren im Allgäu an einem Kurs für Silbenschreibmaschinen teilnimmt. Eine solche Schreibmaschine hat der Meidericher Heinrich Hermann Bruckschen entwickelt und patentieren lassen.

Eine geübte Stenographin kann bis zu 500 Silben pro Minute mit einer solchen Maschine schreiben. Die Maschine druckt das Eingegebene in normalen Druckbuchstaben aus, so dass es auch ein in Stenographie Ungeübter lesen kann.

Nachdem die Firma Kirsch den Fernseher ins Wohnzimmer getragen und die Antenne ausgerichtet hat, schiebt meine Mutter die beiden Türchenhälften des Fernsehschranks zu und schließt ab.

Ich sitze in der Küche und schreibe meiner Schwester einen Brief: „… und heute Abend gucken wir ‚Der müde Theodor' aus dem Millowitsch-Theater in Köln", komme ich sehr bald zum Thema. Ich bin aufgeregt.

Nach einigen Wochen ist die erste Fernseh-Aufregung vorbei. Inzwischen hat sich ergeben, dass meine Freunde Helmut, Günter, Erwin und ich einmal in der Woche die „Muminfamilie bei uns im Wohnzimmer gucken. Nur einmal, bei der Folge „Das Theater", will das nicht klappen.

Meine Mutter hat gerade den Hausflur geputzt, als Günter, Erwin und Helmut schellen. Meine Mutter, die noch im Hausflur ist, öffnet die Haustüre. „Frau Lesemann, können wir mit dem Dieter zusammen bei Ihnen im Wohnzimmer die Muminfamilie gucken?" fragt Günter.

„Nee, meine Lieben, heute nicht. Ich habe gerade den Flur geputzt, und jetzt trampelt ihr mir bei dem Sauwetter wieder den ganzen Dreck von draußen rein! Ein anderes Mal wieder."

Die drei ziehen bedröppelt ab. Ich sehe sie zufällig, als sie an unserem Wohnzimmerfenster vorbeigehen, öffne es und frage, warum sie nicht reinkommen. Sie erzählen, wie es vorhin an der Haustüre gelaufen ist. Ich schäme mich. Dann habe ich aber plötzlich eine Idee: „Hört mal, bei Passmanns nebenan stehen doch immer Apfelkisten am Seiteneingang. Holt euch doch jeder eine Kiste und stellt euch hier vorm Fenster darauf. Ich ziehe die Gardine zurück und schalte den Fernseher ein!"

Gesagt – getan! Fünf Minuten später, rechtzeitig zum Beginn der Augsburger Puppenkiste stehen Günter, Helmut und Erwin auf stabilen Apfelkisten und starren in unser Wohnzimmer. Glücklicherweise hat es inzwischen aufgehört zu regnen.

Die ganze Szene geschieht sehr zum Erstaunen der Nachbarschaft, die – die verschränkten Arme auf ein Kissen gestützt – das Schauspiel am Fenster liegend verfolgt.

Während die Folge „Das Theater" der Muminfamilie läuft, wirft meine Mutter einen kurzen Blick ins Wohnzimmer und erkennt meine Freunde in deren Apfelkisten-Loge. Sie schüttelt den Kopf. Ich hoffe, auch ein bisschen darüber, dass sie wegen ein paar Fußspuren im Hausflur so ein Theater gemacht hat.

„Nacht Mattes, da ston die ‚Schluffen'!" (1959)

„Jung, vertu dir nicht die Augen!" ist eine ständige Ermahnung meiner Oma, wenn sie mein Zimmer nach dem Zubettbringen verlässt und im Augenwinkel sieht, wie ich nach einem Comic-Heft und der Taschenlampe greife. Liest man nämlich heimlich im dunklen Zimmer im trüben Schein der Taschenlampe, dann ‚vertut man sich die Augen'. Das heißt, dass die Sehkraft nachlässt und man schließlich gar zu erblinden droht.

Ich lege Heft und Taschenlampe schnell wieder zurück, nur um beides sofort ins Bett zurückzuholen, wenn meine Oma die Türe hinter sich geschlossen hat.

Meine Oma ist überhaupt sehr um meine Augen besorgt. Da sie weiß, dass Augen, wenn man sie rollt, sie absichtlich schielen oder etwa deren Pupillen bis unter das Lid verschwinden lässt, „genau so stehen bleiben können". Aus Angst, sie könne Recht haben, habe ich mir das Grimassen ziehen fast vollständig abgewöhnt. Das war wahrscheinlich der Plan meiner Oma.

Sie hat für viele Situationen des täglichen Lebens einen Spruch parat. Sprüche erklären Dinge oft auf wunderbar einfache Weise und wirken nicht selten wie in Stein gemeißelt. Widerworte sind also, wie so oft, sinnlos.

Wenn ich es zum Beispiel wieder einmal nicht geschafft habe, vor Beginn der Tagesschau das Wohnzimmer verlassen und mich bettfertig gemacht zu haben und mitbekomme, wie der in Kuba von den revolutionären Kräften gestürzte Diktator Batista bei seiner Flucht in die Dominikanische Republik 40 Millionen Dollar außer Landes gebracht hat, dann höre ich beim Rausgehen oft noch ein „Et is schon wat getan inne Welt!" Mit diesem Satz und einem gleichzeitigen Kopfschütteln äußert meine Oma ihr Unverständnis über solche und andere Ereignisse in der weiten Welt, die früher so sicher nicht geschehen wären.

Es muss aber nicht immer die weite Welt sein. Ein ungefegter Bürgersteig auf dem Weg zur Post oder zu Tante Berta kann den gleichen Satz und das gleiche Kopfschütteln hervorrufen.

Meine Oma hat mit ihren 65 Jahren schon viel erlebt, auch zwei Weltkriege. Da gab es oft Not und Elend, wichtige Dinge des Lebens waren knapp, und die Menschen waren auch oft nicht auf diese Situationen vorbereitet oder konnten sich nicht mehr vorbereiten. Meine Oma hat

daraus gelernt, dass man auf der Hut sein muss. Um in diesen Status zu verfallen, reichen ihr allerdings auch schon eine schlechte Wettervorhersage oder die Nachricht im Duisburger Generalanzeiger, dass der Liter Milch um zwei Pfennige teurer wird.
Mit „Kinder kauft Kämme, es kommen lausige Zeiten" hat meine Oma aber ihre Umgebung vorgewarnt und die bevorstehende Katastrophe für sich selber abgehakt.
Meine Oma ist ein lieber, mitfühlender Mensch. Wenn sie aber vermutet, dass derjenige, der gerade Sorgen und Kummer hat oder körperliches Leid ertragen muss, sich selbst wider besseren Wissens in diese Situation gebracht hat, kann sie dem um Mitleid Bettelnden auch die kalte Schulter zeigen.
Wenn zum Beispiel aus dem „Komm, Margret, wir gehen noch auf ein Glas Bier zur Trude!" meines Vaters mal ein paar Gläser mehr wurden und sich gar noch der eine oder andere Wacholder dazu gesellt hat, dann gibt es vor dem Frühstück leidende Mienen und ein Glas Wasser, in dem sich gerade sprudelnd ein weißes Pülverchen auflöst. Diese Leidensmienen und die sprudelnde Mischung im Glas pflegt meine Oma mit „Et gäw kein größer Leid, als wat der Mensch sich selbs andeit" zu kommentieren.
Für solche Tage bedeutet das für meine Oma in der Regel noch ein bisschen mehr Arbeit im Haus als sonst. Sie ist immer fleißig und wirkt viel im Haus. Das ist auch wichtig, da meine Eltern gut mit der Führung unseres kleinen Zimmereibetriebes beschäftigt sind. Meine Oma versorgt die Öfen, kocht, spült, erledigt Näharbeiten und kümmert sich um ihr kleines Beet im Hof.
Manchmal ist sie wohl nicht sicher, ob das alles in der Familie auch genügend anerkannt wird und sagt dann, ohne jemanden bestimmten anzusprechen „Ihr werdet euch noch mal umgucken, wenn ich mal nicht mehr bin" halblaut vor sich hin. Manchmal kriegt sie kurz vorher aber noch „die Pimpernellen".
Gelegentlich ist meine Oma wohl der Meinung, dass ich zu sehr verwöhnt werde, obwohl sie eine Menge selbst dazu tut. Wenn ich nur daran denke, dass sie mir sonntags morgens immer zwei Frühstückseier auf eine große Scheibe ungesüßten Wochenendstuten von Worm kleinhackt. Ich liebe meine Frühstückseier auf diese Art und vor allem, dass sie mir zubereitet werden.
Wenn ich zudem an die Geleefrüchte, die wöchentlichen Comic-Hefte,

mein Fahrrad, die Rollschuhe und den regelmäßigen Urlaub mit meinen Eltern denke, hat sie mit dem „Verwöhnt werden" wohl recht, und ich nehme es hin, dass sie mich bisweilen mit stark ironischem Unterton „mein Prinzchen" nennt.

Die Dauer-Diagnose meiner Oma bei Schnupfen, Husten, Heiserkeit, Übelkeit und starken Kopfschmerzen heißt: „Bestimmt hast du wieder so lange auf den kalten Steinen gesessen?" Zugeben ist die beste Taktik, um längeren Vorhaltungen aus dem Weg zu gehen. Ihr Vorschlag zur Vorbeugung „Kopf kalt, Füße warm, macht den reichsten Doktor arm" will mir nicht so recht in den kalten Kopf.

Etwas mehr Verständnis zeige ich für die Erklärung, dass bei Hautverunreinigungen wie Pickel, rote Flecken usw. „die ganze Unducht" rauskomme, die Natur also durchaus ihre Möglichkeiten hat zu strafen, wenn man nicht tugendhaft lebt.

Die sprachlichen Möglichkeiten meiner Oma, ihre Sprüche sehr ernsthaft, leicht ironisch, etwas beleidigt, besserwisserisch oder Rat gebend klingen zu lassen, sind vielfältig, zumal sie zwischen Hochdeutsch, Meierksch Platt, Ruhrgebietsdeutsch und Masurisch oder einer Mischung aus diesen Sprachvarianten wählen kann.

Wenn sie zum Beispiel zum Ausdruck bringen will, dass es jetzt zu spät ist, drohendes Unheil abzuwenden, scheint ihr der Satz „Nacht Mattes, da ston die Schluffen" angemessen.

Dieser rheinische Spruch, der in seinem Original den Begriff ‚Schluppe' verwendet, steht für sie aber manchmal auch für die Kritik an Männern, die sich von ihren Frauen von hinten und vorne bedienen lassen.

Meine Oma erzählt mir in diesem Zusammenhang gerne, dass ihre Mutter, also meine Urgroßmutter, ihrem Mann abends die Pantoffeln, also ‚Schluffen' hinstellen musste. Dann wird aus ‚Schluffen' auch schon mal das masurische Wort ‚Pasorren', das eigentlich ‚alte Schuhe' bedeutet.

So einer wie mein Urgroßvater ist „das Prinzchen" natürlich nicht. Ich hole mir abends im Dunkeln die Micky Maus und die Taschenlampe selbstverständlich selbst ins Bett und riskiere, mir die Augen zu „vertun".

Als ich einmal den Vogel abschoss (1959)

Sonntag, 13.12.1959, es ist der dritte Advent. Auf unserem runden Esszimmertisch, um den vier Stühle mit grüner Polsterung stehen, liegt eine Tischdecke mit weihnachtlichen Motiven. Darauf steht unser Adventskranz. Er hat einen Stern aus rotem Holz als Fuß, aus dessen Mitte sich ein etwa 40 cm hoher, roter Holzstab erhebt, der oben eine kugelförmige Verdickung hat. Von ihr laufen vier rote Bänder schräg nach unten und bringen einen mit kleinen Tannenzweigen gespickten Schaumstoffring in die Waage.
Auf vier Kerzenhaltern auf dem Tannenzweigkranz stehen vier dicke weiße Stumpenkerzen, zwei von ihnen sind bereits etwas heruntergebrannt. Heute Nachmittag wird die dritte angezündet.
„Noch elf Mal schlafen", rechnet meine Mutter mir vor, „dann ist Heiligabend. Wenn du lieb bist, geht vielleicht der eine oder andere Wunsch, der auf deinem Wunschzettel steht, in Erfüllung."
Also bin ich weiterhin lieb, gebe keine Widerworte und helfe, wo ich kann.
„Holst du mir bitte mal meine schwarze Strickjacke? Sie liegt im Schlafzimmer auf dem Sessel", bittet mich meine Mutter.
Ich bin lieb und gehe sofort los.
Das Schlafzimmer sieht aus wie immer. Ich gehe zum Sessel, nehme die Strickjacke und erst beim Hinausgehen fällt mir auf, dass an dem Kleiderschrank, den mein Vater von Schreiner Kinzel hat einbauen lassen, eine große Holzplatte lehnt. Ich schenke ihr keine weitere Beachtung, schließe die Türe hinter mir und gehe in die Küche, wo meine Oma und meine Mutter am Tisch sitzen.
Es herrscht eine merkwürdige, kaum wahrnehmbare Unruhe im Raum. Die Wangen der beiden sind leicht gerötet. Sie sehen sich abwechselnd einander und dann mich an. Mir scheint, als warteten sie auf etwas.
Wie sich später herausstellt, warteten sie auf meine Frage: „Was ist das denn da für eine große Holzplatte, die im Schlafzimmer am Kleiderschrank lehnt?"
Sie hatten nämlich vergessen, dass ich das Schlafzimmer bis Heiligabend gar nicht mehr betreten sollte.
Die Holzplatte habe ich aber schon längst wieder vergessen und langsam entspannen sich die Gesichtszüge meiner Mutter und meiner Oma.

Es ist Heiligabend. Bescherung ist bei uns um fünf Uhr am Nachmittag. Dann ist es draußen schon dunkel, und „es wird mit dem Essen nicht so spät" pflegt meine Oma immer zu sagen. Es dauert an solchen Tagen ewig, bis es fünf Uhr ist. Meine Eltern haben insofern ein Einsehen mit dieser für mich nahezu unerträglichen Situation, als ich ausnahmsweise mehr fernsehen darf als sonst.
Es gibt Peterchens Mondfahrt und danach darf ich auch noch „Die Muminfamilie – eine drollige Gesellschaft" der Augsburger Puppenkiste sehen.
Zwischendurch geht mein Blick immer wieder mal nach rechts in die Ecke des Wohnzimmers zwischen dem Fenster und dem Durchgang zum Esszimmer, wo unser Weihnachtsbaum steht, den ich gestern Nachmittag zusammen mit meiner Mutter, meiner Oma und meiner Schwester geschmückt habe.
Jetzt muss ich aber raus aus dem Wohnzimmer und die restliche Wartezeit in der Küche absitzen, wo die Vorbereitung des Abendbrots schon deutliche Spuren hinterlassen hat. Mein Vater sitzt mir gegenüber am Tisch und guckt noch mal in den Duisburger Generalanzeiger von gestern. Er hat sich schon chic gemacht und trägt einen roten Schlips unter seiner grauen Strickweste.
Nun verschwinden meine Mutter und meine Oma aus der Küche, legen ihre Kittelschürzen ab und richten sich noch einmal die Haare.
Es ist kurz vor fünf. Außer meiner Schwester, unserem Cockerspaniel Anka und mir ist inzwischen niemand mehr in der Küche. Ich spreche noch ein letztes Mal ganz leise das Gedicht, das ich gleich aufsagen will, vor mich hin: „Weihnachten – Markt und Straßen sind verlassen, hell erleuchtet jedes Haus…" Meine Schwester ist schon 16 und das übliche Blockflötenspiel am Weihnachtsbaum wurde ihr in diesem Jahr erstmals erlassen.
Endlich: Das Bimmeln des Silberglöckchens! Mein Herz schlägt bis zum Hals, meine Wangen sind heiß, die ersten Schritte tapsig. Mein Vater öffnet die Türe zum Ess- und Wohnzimmer und geht uns Kindern voran. Meine Mutter und meine Oma stehen in schönen Weihnachtskleidern erwartungsvoll im Wohnzimmer. Sie haben kurz vor dem Bimmeln die weißen Kerzen und die Wunderkerzen, die von einigen Zweigen des Weihnachtsbaumes herunterhängen, angezündet. Sie lassen den Baum noch einmal ganz besonders erstrahlen. Ihre Funken verglühen im Flug in Richtung all der Päckchen, die unter dem

Heiligabend 1959 am Christbaum in unserem Wohnzimmer

Weihnachtsbaum liegen. Mehr weihnachtliche Stimmung geht kaum!
Als wir durch das Esszimmer gehen, sehe ich aus dem Augenwinkel zwei ausgebreitete Wolldecken auf dem Boden unter dem Fenster liegen.
Meine Schwester und mein Vater stellen sich zu Mutter und Oma, und ich nehme meinen Gedicht-Aufsageplatz am Weihnachtsbaum ein. Joseph von Eichendorff und meine Familie verzeihen mir zwei kleine Versprecher, es gibt sogar Applaus.
Mein Vater geht zum Musikschrank im Esszimmer und legt eine Platte mit Weihnachtsmusik auf. Unter ihren Klängen bücken sich meine Schwester und ich als erste nach den Päckchen.
Alle tragen ein Schildchen. Ich finde ein Päckchen mit dem Schildchen: „Frohe Weihnachten! Von Oma für Dieter". Dieses Päckchen mache ich zuerst auf. Von meiner Oma bekomme ich einen blau-weiß gestreiften Schlafanzug und ein Marzipanbrot.
Alle sind jetzt mit Auspacken beschäftigt, und jeder scheint sich über seine Geschenke zu freuen. Nach etwa 15 Minuten bin ich stolzer Besitzer eines blau-weiß gestreiften Schlafanzuges, eines Marzipanbrots, eines Autos, das an der Tischkante automatisch umdreht, einer 250g-Packung Geleefrüchte, eines grünen GEHA-Schulfüllers, eines

Weihnachtstellers mit Nüssen, Datteln, Obst und Süßigkeiten und einer dunkelbraunen Baskenmütze.

Jeder bedankt sich bei jedem für die schönen Geschenke. Dann tauschen mein Vater und meine Mutter noch geheimnisvolle Blicke aus und sagen auf einmal nahezu im Chor: „Guck doch noch mal nebenan!"

Ich blicke meine Eltern fragend an. Plötzlich setzt sich in meinem Kopf Mosaiksteinchen für Mosaiksteinchen ein Bild zusammen: Mein Vater, der abends immer mal für ein Stunde geheimnisvoll verschwand, die große Platte, die im Schlafzimmer am Einbauschrank lehnte, die angespannten Gesichter meiner Mutter und meiner Oma, als ich mit der schwarzen Strickjacke aus dem Schlafzimmer zurückkam, die Wolldecken auf dem Boden unter dem Fenster im Esszimmer!

Wieder schlägt mir das Herz bis zum Hals. Auf dem geduldigen Papier meines Wunschzettels stand auch eine elektrische Eisenbahn, ein Wunsch, an dessen Erfüllung ich nicht wirklich geglaubt habe. Jetzt ist der Glaube zurück.

Mit unsicheren Schritten bewege ich mich auf die Wolldecken zu und verharre kurz. „Nun heb' die doch mal hoch!" wird mein Vater schon ungeduldig. Im Esszimmer sind keine Lampen an. Das Licht aus dem Wohnzimmer fällt jedoch hinein und die Skala des „Löwe Opta"-Radios auf dem Musikschrank leuchtet.

Ich lüfte das Geheimnis, und unter den Decken kommt wirklich eine Spanplatte hervor, die eine elektrische Eisenbahn-Anlage trägt. In den geheimnisvollen Stunden abendlicher Abwesenheit hat mein Vater einen großen Kreis von Schienen mit simuliertem Schotterbett auf der Platte befestigt. Vorne rechts gibt es eine Weiche, die auf ein Gleis leitet, das an einem Bahnhofsgebäude vorbeiführt und dann, wenn das Signal auf Grün steht, wieder über eine andere Weiche auf den großen Kreis zurückführt. Auf dem Gleis vor dem Bahnhof steht eine V 200-Diesellok mit zwei roten und einem grünen Personenwagen der Deutschen Bundesbahn. Der Signalflügel steht auf Halt. Einige Flächen der Platte zwischen den beiden Gleisen und um den Bahnhof herum hat mein Vater mit farbigem Streu beklebt und so Wiesen und Ackerflächen geschaffen. Es gibt sogar einige Bäume. Hinten, in der linken Kurve, steht ein Tunnel über dem Gleis. Vorne rechts, vor der Platte, steht ein Trafo.

Mit meiner elektrischen Eisenbahn habe ich den Vogel abgeschossen!

„Jetzt steck mal den Stecker rein!" fordert mein Vater mich auf, das Kabel des Trafos in die Steckdose neben dem Musikschrank zu stecken. Erst jetzt bemerke ich, dass meine Oma, meine Mutter und meine Schwester ebenfalls ins Esszimmer gekommen sind und gespannt jede meiner Reaktionen verfolgen. Das große Licht im Wohnzimmer haben sie gelöscht, nur noch die Kerzen des Weihnachtsbaums, die meine Mutter genau im Auge hat, schicken etwas Licht nach nebenan.
„Boh!" höre ich mich sagen, als die Anlage mit Strom versorgt wird: Der Trafo-Knopf leuchtet, das rote Signal-Lämpchen, die Stirnlampen der Lok und selbst in den Personenwagen ist Licht angegangen. Im Halbdunkel des Zimmers sieht das ganz klasse aus.
Ich knie vor dem Trafo und drehe den Schaltknopf nach rechts. Nichts passiert. Natürlich nicht, denn der Zug steht ja vor einem roten Signal. Ich prüfe den Stand der Weichen, drücke den grünen Knopf auf dem kleinen Schaltpult, das in der Nähe des Trafos auf die Platte geschraubt ist und – der Zug setzt sich in Bewegung.
Ich bin über all das völlig aus dem Häuschen und als meine Mutter dann sagt: „So, lass uns jetzt erst mal etwas essen", versuche ich mit einem „Ich hab gar keinen Hunger!" zu retten, was zu retten ist. „Du kannst ja nach dem Essen noch eine halbe Stunde spielen", stellt meine

Mutter in Aussicht und da ich weiß, dass es am Heiligen Abend erst recht keine Ausnahme gibt, wenn es um das gemeinsame Essen geht, gebe ich bald auf.

„Du hast ja dieses Jahr wohl mal wieder den Vogel abgeschossen!" sagt mein Vater auf dem Weg zur Küche zu mir. Genau kann ich mir den Satz nicht erklären, vermute aber, dass er meint, dass ich die meisten Geschenke bekommen habe.

Der Abendbrottisch ist festlich gedeckt, es brennen sogar Kerzen. Es gibt all die leckeren Sachen, die es immer zum „Heilig Abend-Brot" gibt. In der Mitte all der Köstlichkeiten steht die unvermeidliche Schüssel mit rotem Heringssalat, den meine Mutter immer zu Weihnachten zubereitet. Die Erwachsenen langen dann bald auch ordentlich zu. Ich bin kein Freund von Heringssalat, auch wenn er mit roten Beeten und Nüssen zubereitet ist, und rutsche auch schon bald unruhig auf meiner Spielbank, auf der meine Schwester und ich bei Tisch gewöhnlich sitzen, hin und her. Ich muss immer an meine elektrische Eisenbahn im Esszimmer denken.

Meine Eltern merken natürlich, wie es um mich steht und verständigen sich mit einem Blick darauf, mir zu erlauben aufzustehen. „Dann geh mal noch eine halbe Stunde, du hast ja doch keine Ruhe", sagt meine Mutter endlich und da bin ich auch schon an der Küchentür. „Danach geht's aber ohne Widerworte ins Bett", schickt mein Vater mir noch hinterher.

Als ich später glückselig im Bett liege, nehme ich mir vor, morgen etwas früher wach zu werden, leise aufzustehen, mich ins Esszimmer zu schleichen und bis zum Frühstück meine V 200 Runden drehen zu lassen.

Warum ich für dieses Glücksgefühl beim Einschlafen einen Vogel habe abschießen müssen, bleibt mir ein Rätsel.

III In Meiderich und anderswo (1960 – 1961)

Die Aufnahmeprüfung (1960)

„Zimmermann und nebenbei Fußballspieler" kommt es bei mir wie aus der Pistole geschossen, wenn mich Erwachsene fragen, was ich denn einmal werden möchte. Zimmermann natürlich, weil man ja in die Fußspuren seines Vaters tritt und Fußballspieler, weil ich sehr gerne Fußball spiele. Außerdem hat mein Vater mich schon seit meinem fünften Lebensjahr oft zu den Oberliga West – Spielen des Meidericher Spielvereins mitgenommen.
Mein Vater hat andere Pläne: Ich soll – wie meine Schwester - das ‚Einjährige', wie er immer sagt, machen und dann etwas Kaufmännisches lernen.
Der Begriff ‚Einjährige' stammt, wie ich später gelernt habe, aus preußischer Zeit und bedeutete, dass junge Männer, die den mittleren Schulabschluss bzw. die Mittlere Reife erlangten, nur einen ein- statt dreijährigen Wehrdienst ableisten mussten. Darum ging es inzwischen natürlich nicht mehr, der Begriff ist einfach hängen geblieben. Mein Vater erhoffte sich den Aufstieg seines „Filius" in eine mittlere Laufbahn.
Frau Tomuscheit, meine Klassenlehrerin, glaubt, ich könne nach der vierten Klasse eine weiterführende Schule besuchen. Sie vereinbart mit meinen Eltern, dass ich an der Aufnahmeprüfung des Max-Planck-Gymnasiums in Meiderich auf der Hollenbergstraße teilnehmen und dann Ostern in die Sexta des Gymnasiums wechseln solle.
Ausgerüstet mit meinem blauen Zeugnisheft im DIN A5-Format, in dem ja auch das Halbjahreszeugnis des Schuljahres 1959/1960 steht, treten wir – weiteren fünf Schülerinnen und Schülern unserer Klasse hat Frau Tomuscheit empfohlen, auf das Gymnasium zu wechseln – am 2. Februar 1960 zur Aufnahmeprüfung an.
Ich bin natürlich aufgeregt. Schließlich ist die Prüfung jedoch weniger schwierig, als wir alle befürchtet haben. Nur bei einer Mathematikaufgabe stellt sich kurz nach der Prüfung heraus, dass ich da falsch gelegen habe.
Die Aufgabe hieß: Ein Gartenzaun besteht aus 16 Zaunlatten. Wie viele Latten-Zwischenräume gibt es? Bedenke, dass es eine erste und

eine letzte Latte gibt! Zuerst habe ich überlegt, ob ich den Zaun aufzeichnen und die Latten-Zwischenräume zählen solle. Aber Quatsch! Die Formulierung der Aufgabe legt die Rechnung doch nahe: 16 – 2 = 14. Hätte ich doch bloß gezeichnet!
Schließlich bekommen aber doch alle Schüler der 4b der Brückelschule die Bemerkung, dass sie die Aufnahmeprüfung bestanden haben, in ihr Zeugnisheft gestempelt.
Meine Mutter, mein Vater und meine Oma stehen im Korridor versammelt, als ich mit dem Prüfungsergebnis nach Hause komme. „Na, wie ist es gewesen?" wollen sie im Chor wissen, obwohl sie die Antwort schon an meinem breiten Grinsen hätten ablesen können. „Ich habe bestanden, wir haben alle bestanden", freue ich mich, und einer nach dem anderen nimmt mich in die Arme.
Bald sitzen wir alle zum Mittagessen in der Küche – es gibt Möhren untereinander mit Frikadellen – und ich bemerke, dass meine Mutter ganz feuchte Augen hat. „Was hast du, Mutti? frage ich. „Weinst du?" „Ach", sagt sie mit unsicherer Stimme, „als ich 1931 zehn Jahre alt war, sollte ich auch auf das ‚Kaiserin-Auguste-Viktoria-Oberlyzeum' in Ruhrort wechseln. Aber dann war doch damals die schlechte Zeit, und mein Vater verlor seine Arbeit. Da konnten wir uns das Schulgeld, 240 Reichsmark musste man damals bezahlen, und die teuren Bücher nicht mehr leisten, und ich musste auf der Volksschule bleiben."
Plötzlich ist es ganz still in der Küche. Keiner kann irgendetwas Schlaues dazu sagen und deshalb schweigen alle lieber.
Als wir am nächsten Tag wieder in die Schule kommen, müssen wir Frau Tomuscheit unsere Zeugnishefte mit dem Stempel des Max-Planck-Gymnasiums vorzeigen. Dann schickt sie uns nacheinander durch die Reihen unserer Mitschüler, die sich die Aufnahmebestätigung in unseren aufgeschlagenen Zeugnisheften ansehen mussten. Ich hätte stolz sein können, doch ich habe mich eher geschämt, vor meinen Mitschülern den Angeber spielen zu müssen.

Hochschüsse (1960)

Dem Onkel Willi, der oben in der 2. Etage wohnt („Unterm Dach, juchhe!" wie mein Vater zu sagen pflegt), ist die Frau gestorben. Wer soll sich jetzt um seine kleine Tochter kümmern und die Dachgeschosswohnung sauber halten? Onkel Willi ist ja im Schichtdienst auf der Hütte.
Jetzt hat er Tante Rosi kennen gelernt. Tante Rosi wohnt nur eine Straße weiter um die Ecke und kommt täglich mit ihrem schwarzen Fahrrad mit der bunten Netzbespannung über dem halben Hinterrad

An der Hoftreppe von links: meine Mutter mit Anka, meine Schwester, meine Oma, Tante Rosi, Onkel Willi

zu Onkel Willi. Sie trägt gern bunte Kleider, die sich wegen des Netzes nicht im Hinterrad verfangen können. Tante Rosi kocht auch für Onkel Willi.
Manchmal schickt meine Mutter mich nach oben, um Tante Rosi etwas zu bringen. Onkel Willi ist gerade dabei, sich die Hände zu waschen, während Tante Rosi ihm etwa 12 Kartoffeln auf den Teller füllt. Onkel Willi kommt von Frühschicht und hat ordentlich Hunger. Nachdem er wohl 100-mal die Hände umeinander bewegt hat, um sie gründlich zu

säubern, setzt er sich in Hose und Feinripp-Unterhemd auf das rote Sofa, das hinter dem Küchentisch unter der Schräge steht. Genüsslich verzehrt er Kartoffel um Kartoffel.

Im Laufe der Zeit wird Tante Rosi so etwas wie eine ständige Nachbarin, und sie schließt Freundschaft mit meiner Mutter und meiner inzwischen 17-jährigen Schwester. Tante Rosi spielt jetzt mit Rommé und kegelt im Damenclub meiner Mutter.

Einer der Höhepunkte dieser Frauenfreundschaft zwischen Tante Rosi, meiner Mutter und meiner Schwester ist der gemeinsame Verzehr dreier halber Hähnchen mit Pommes Frites an den Abenden, an denen mein Vater und Onkel Willi Männerkegeln haben.

Nachdem Onkel Willi und Tante Rosi geheiratet haben, fahren sie auch einmal mit uns in Urlaub nach Inzell. Onkel Willis Tochter ist in dieser Zeit bei ihrer Oma.

Onkel Willi gehört zu der Sorte von Männern, die von allem Ahnung haben und alles wissen, das meiste sogar besser. Alles, was er sagt, wird stets von einem Gesichtsausdruck begleitet, der an der Wichtigkeit des Gesagten keine Zweifel lässt. Das kehrt er besonders Frau Dufter, unserer Pensionswirtin in Inzell, gegenüber heraus. Aus diesem Grund hat sie ihm, natürlich nur in seiner und Tante Rosis Abwesenheit, einfach einen neuen Namen gegeben: Herr Wichtig!

Später bekommen Tante Rosi und Onkel Willi noch einen Sohn. Zu seinem dritten Geburtstag bekommt er einen Plastikfußball geschenkt. Eines Nachmittags spielen mein Freund Günter und ich mit dem Kleinen auf unserem Hof Fußball. Plötzlich tritt Uwe kräftig unter den stolzenden Ball, trifft ihn optimal, und der Ball fliegt doch tatsächlich über die Mauer in Passmanns Garten. Als ihm klar wird, dass sein Ball weg ist, fängt er lauthals an zu heulen. Im Klofenster in der zweiten Etage erscheint der Kopf von Tante Rosi: „Warum weint der? Was habt ihr gemacht?" – „Er hat seinen Ball über die Mauer in den Garten von Passmanns geschossen", sagen Günter und ich gleichzeitig und wahrheitsgemäß. „Wollt ihr mich veräppeln? Der Kleine kann doch gar nicht so hoch schießen! Geht rüber in Passmanns Laden und fragt, ob ihr den Ball wiederholen dürft!"

Wir wagen einen kurzen Protest, denn schließlich sind wir völlig unschuldig. Aber ein „und ein bisschen plötzlich!" und eine Faust, deren abgespreizter Daumen mehrmals in Richtung Passmanns Laden weist, lässt uns schnell aufgeben.

Frau Passmann erlaubt uns natürlich, den Ball wiederzuholen. Als wir durch unseren Hausflur zurück auf unseren Hof wollen, hören wir ein Schluchzen, das sich in die zweite Etage bewegt.

Wir legen den Ball auf die Treppe. Ich hole dann einen kleinen Fußball aus meiner Spielbank, und Günter und ich spielen „Schießkampf mit einmal Berühren". Günters Tor ist zwischen der linken Teppichstange und der Mauer zu Passmanns, meins der Treppensockel an der Hoftüre. Mein erster Schuss geht über die Mauer in Passmanns Garten.

Nächster Halt: Schiefbahn (1960)

An diesem Montagnachmittag in den Sommerferien 1960 sind Günter und ich mit unseren Rollern auf unserem Hof. Es gibt eine Menge zu tun, denn wir haben Großes vor.

Auf den drei Treppenstufen, die vom Hausflur in den Hof hinunterführen, stehen ein kleiner Eimer mit Wasser und ein Ölkännchen, und es liegen dort Putzlappen, eine Tube Chrompflege, verschiedene Maulschlüssel, eine Kombizange, ein Schraubendreher und eine Luftpumpe. Wir bringen unsere Ballonroller, Günters roten und meinen blauen, auf Vordermann. Der Mantel meines Vorderrades lässt zu wünschen übrig, wird aber halten.

Tante Emma in ihrer Wohnung in Schiefbahn

Schließlich, nach mehr als einer Stunde Arbeit, sind wir sicher: Unsere Roller sind fit für die große Fahrt morgen. Wir wollen nämlich mit den Rollern nach Schiefbahn, wo Tante Emma wohnt, eine der Schwestern meiner Oma. Schiefbahn ist eine eigenständige Gemeinde und liegt in der Nähe von Krefeld. Manchmal sind wir mit unserer ganzen Familie mit dem Auto nach Schiefbahn gefahren, um Tante Emma zu besuchen. Deshalb weiß ich, wo man lang fahren muss und wie lange die Fahrt dauert: Man fährt über Ruhrort und die Rheinbrücke nach Homberg und dann weiter nach Schiefbahn, und es dauert nicht viel länger als eine halbe Stunde.

So mit Orts- und Zeitkenntnis ausgestattet, kann also bei unserer Rollerfahrt morgen nicht viel schiefgehen. Vorsichtshalber verabreden wir uns aber für etwas früher als sonst: Um 9.00 Uhr nach dem Frühstück bei Günter vor der Haustüre.

„Heute schon so früh?" fragt meine Oma, als ich um kurz vor 9.00 Uhr aufbreche. „Ja, wir wollen mit den Rollern herumfahren", verschweige ich unser tatsächliches Vorhaben. „Denk dran, dass du zum Mittagessen wieder hier bist", schickt meine Mutter mir noch hinterher. ‚Das sollte zu schaffen sein', denke ich.

Günter steht schon vor seiner Haustür auf der anderen Straßenseite. Die erste Morgensonne lässt das frisch gewinerte Chrom seines Rollers blitzen. Ich habe Herzklopfen. Das wird toll!

Wir fahren los und sind schon bald am Ende der Straße Auf dem Damm. Ich schlage vor, nach rechts Richtung Bahnübergang zu fahren und dann über die Vohwinkelstraße an der Mauer des Stahlwerks entlang bis zur Straße Am Nordhafen. Dann sind wir ruckzuck schon in Ruhrort.

Kurz bevor wir auf die Vohwinkelstraße treffen, gibt es einen Bahnübergang über die Gleise der Eisenbahn von Ruhrort nach Meiderich. Die Schranke ist geschlossen. Wir warten geduldig und schielen zu dem Büdchen auf der anderen Seite der Vohwinkelstraße hinüber. Als der Zug vorbei ist und die Schranke hochgeht, queren wir die Gleise, dann die Vohwinkelstraße und beschließen, an dem Büdchen eine Rast zu machen.

„Zwei Mal für einen Groschen Pfefferminzbruch", bestellen wir. Der Mann in der Bude lässt die zwei Stücke mit einer Zange in je ein Tütchen plumpsen und reicht uns die Tütchen raus. „Macht 20 Pfennig", sagt er, und wir kramen in unseren Lederhosen, um jeder einen

Groschen hervorzuholen. Wir legen unser Geld auf ein geschwungenes Glasschälchen auf der Ablage hinter dem Budenfensterchen. Das Glasschälchen rät dazu, HB zu rauchen, denn dann gehe alles wie von selbst.
„Wo soll's denn heute noch hingehen?" fragt der Budenbesitzer mit Blick auf unsere blitzenden Roller. „Nach Schiefbahn", sagen wir wie aus einem Mund. „Nach Schiefbahn?" wiederholt der Mann unser Ziel skeptisch. „Da habt ihr euch aber etwas vorgenommen. Das ist doch bei Krefeld!" „Ja, ja, ich weiß", sage ich stolz, „ich bin da schon oft gewesen. Das schaffen wir. Deshalb müssen wir jetzt auch los." „Wissen eure Eltern denn Bescheid?" fragt er scheinbar besorgt. „Natürlich!" schwindeln wir und sind auch schon an der Ecke Herwarthstraße.
Die Mauer, die am Stahlwerk entlang führt, ist unglaublich lang. Endlich sind wir am Werkstor in der Kurve und fahren nach links Richtung Nordhafen. Oben an der Ecke bleiben wir erst einmal stehen.
„Wie spät ist es wohl?" fragt Günter. „Keine Ahnung", antworte ich. „Ich frage mal die Frau mit dem Pudel, die da vorne kommt." – „Entschuldigung, können Sie uns sagen, wie spät es ist?" Die Frau nimmt die Hundeleine in die andere Hand und schiebt den linken Ärmel ihrer Bluse ein Stück nach oben. „Es ist 20 nach 12", sagt sie freundlich, und ihr Pudel mahnt sie zum Weitergehen.
Wir erschrecken beide. Sind wir tatsächlich schon drei Stunden unterwegs? „Wann musst du denn zum Essen zu Hause sein?" fragt Günter. „Um 1.00 Uhr", antworte ich. „Dann sollten wir unseren Plan besser ändern", schlägt er vor, „das schaffen wir sonst nicht." Ich stimme eilig zu.
Dann fahren wir über die Bürgermeister-Pütz-Straße Richtung Heimat. Zum einen gäbe es bestimmt Ärger, wenn ich zu spät komme, zum anderen könnte ich eventuell Möhren untereinander mit Frikadellen verpassen.
Als wir wieder vor Günters Haustüre stehen, schwören wir uns, dass wir das Vorhaben an einem anderen Tag nachholen. Dann wollen wir vielleicht schon um Viertel vor neun los und uns nicht wieder so lange an der Bude aufhalten. Tante Emma wird sich jedenfalls freuen!

Robert Schawlakadse wäre das nicht passiert (1960)

In den Sommerferien – es ist der 18. August – wird bei Meiers renoviert. Sie wohnen Parterre, drei Häuser neben uns. Der Anstreicher ist da. Das sieht man schon daran, dass in Höhe des kleinen Törchens zu Meiers Hof ein Ford 17 M mit einem kleinen Anhänger geparkt steht, auf dem sich leere und volle Farbeimer sowie diverse Malerwerkzeuge befinden.

Ein großer Teil der Ladefläche ist aber frei, so frei, dass zwei bis drei 10- oder 11-Jährige darauf Platz hätten. Erst klettert Helmut auf den Hänger, indem er seinen rechten Fuß vom Bürgersteig aus auf den rechten Radkasten des Hängers setzt, sich abdrückt, das linke Bein elegant über die Ladeklappe schwingt, Fuß fasst und dann das rechte Bein nachzieht. Anschließend folgt ein mutiger Sprung, bei dem er sich mit seiner rechten Hand auf der linken Ladeklappe abstützt und sicher auf dem Asphalt der Fahrbahn der Singstraße landet, während Günter schon als Nächster den Hänger erklommen hat. Dann bin ich dran.

So ergibt sich ein fröhlicher Kreislauf Bürgersteig – Hänger – Fahrbahn – Bürgersteig ... bis plötzlich bei Meiers ein Fenster aufgeht. Im Rahmen erscheint der Anstreicher und brüllt: „Runter von dem Hänger, ihr Saujungs!"

Ich stehe gerade auf der Ladefläche des Hängers, erschrecke mich fürchterlich, springe hastig und unkontrolliert vom Hänger, spüre kurz einen reißenden Schmerz und stehe auf der Fahrbahn.

Günter und Helmut brüllen laut auf mich ein, fuchteln mit ihren ausgestreckten Armen herum und schreien: „Dein Bein! Dein Bein!". Ich blicke an mir herunter und sehe einen rechtwinkligen Fleischlappen aus meinem linken Lederhosenbein hängen. Ich fange an zu heulen, obwohl ich keinen Schmerz empfinde und kein Tropfen Blut fließt. Dann sind plötzlich Erwachsene um mich herum und tragen mich nach Hause, wo meine Mutter schon zur Haustür herauskommt.

Sie wird kreidebleich und schlägt die Hände vors Gesicht. Sofort begreift sie aber, rennt in die Wohnung und ruft einen Krankenwagen.

Im Krankenhaus wird die Verletzung genäht und das Bein ruhig gestellt. Bei meinem unkontrollierten Sprung vom Hänger muss ich am Verriegelungshaken der Ladeklappe hängen geblieben sein. Das erzählen mir Günter und Helmut bei ihrem Besuch im Krankenhaus. Eine

Woche muss ich dort bleiben, dann darf ich wenigstens nach Hause aufs Sofa.

Ich habe großes Glück: Am ersten Tag zu Hause – mein Krankenlager ist das grüne Sofa im Wohnzimmer – beginnen die Olympischen Spiele in Rom! In den nächsten 18 Tagen, bis zum 11.September, darf das Deutsche Fernsehen 60 Stunden live aus Rom berichten. Etwas Besseres kann einem bettlägerig Kranken ja kaum passieren, als sich tagsüber von Robert Lembke und Herbert Zimmermann mit Fernsehbildern aus Rom unterhalten zu lassen.

Wir Deutsche treten mit einer gesamtdeutschen Mannschaft an. „Es gibt seit dem Ende des letzten Krieges zwei Deutschlands", klärt mich mein Vater auf, „aber wir treten mit einer gemeinsamen Mannschaft an."

Mein Vater Ende der 1930er Jahre in Uniform zu Pferde

Einige Tage später ist mein Vater, der Pferde und den Reitsport mag und als Soldat auch gelegentlich mit Pferden zu tun hatte, völlig aus dem Häuschen: Hans-Günter Winkler, Alwin Schockemöhle und Fritz Tiedemann gewinnen die Goldmedaille im Springreiten der Mannschaft!

Ich selber finde Reiten nicht so spannend, sondern habe mit Armin Harry mitgefiebert, der zwei Goldmedaillen im 100m-Lauf und in der 4x100m-Staffel gewinnt. Oder mit Wilma Rudolph, die man die „schwarze Gazelle" nennt, wohl weil sie 1,83m groß ist, aber nur 59 kg wiegt und weil ihre langen schnellen Beine ihr Leichtgewicht zu drei

Olympiasiegen getragen haben. Oder mit Abebe Bikila, der den Marathon barfuß gelaufen ist und als Erster die Ziellinie erreicht hat.
Cassius Clay's Gold-Boxkampf ist dann wieder mehr etwas für meinen Vater, obwohl auch meine Oma, zu meinem Erstaunen, den Kampf von der ersten bis zur letzten Minute verfolgt hat. Trotz des blutverschmierten Gesichts von Clay's polnischem Gegner Pietrzykowski!

Robert Schawlakadse (Sowjetunion)
Olympiasieger (2,16m) im Hochsprung 1960 in Rom

Auf diese Art und Weise kann ich mich gut mit meinem Unfall, der großen Narbe an meinem linken Oberschenkel und der Tatsache abfinden, dass ich ans Sofa gefesselt bin, zumal ich eine Woche mehr Sommerferien habe als meine Mitschüler. Der sowjetische Hochspringer Robert Schawlakadse, der mit 2,16m die olympische Goldmedaille im Hochsprung gewinnt, wäre wahrscheinlich von dem Hänger vor Meiers Haus gesprungen, ohne sich zu verletzen.
Am 5. September bringt mein Vater mich mit dem Auto zur Schule. Ich habe einen Krückstock, aber nicht das Gefühl, ihn zu brauchen. Sofort bin ich von Mitschülern umringt und muss erzählen, wie alles passiert ist. Glücklicherweise gongt es bald und als mein Klassenlehrer, Herr Wagner, der Mathematik und Sport unterrichtet, auf die Olympischen Spiele, die am kommenden Sonntag zu Ende gehen, zu sprechen kommt, zeige ich mich gut informiert.

Senter Mates Vögelkes (1960)

Es schellt bei uns. Meine Mutter, die zufällig in der Nähe des Türdrückers ist, öffnet die Haustüre. „Kommt der Didder zum Schrappen?" schallt es ihr mehrkehlig durch den Hausflur entgegen. „Einen Moment!" ruft meine Mutter zurück. Dann lehnt sie die Korridortüre an, geht ein paar Schritte durch unseren Korridor, steckt ihren Kopf mit dem etwas genervt wirkenden Gesichtsausdruck durch den Küchentürspalt und sagt: „Dieter, da sind Freunde von dir an der Haustür."
Ich klappe mein Fix und Foxi-Heft zu, schiebe mich von meiner Spielzeugbank, die hinterm Küchentisch steht, und gehe durch Korridor und Hausflur Richtung Haustüre. Als ich nach rechts um die Ecke biege, sehe ich die Köpfe von Günter, Helmut und Manfred in der halbgeöffneten Haustüre. „Gehsse mit Schrappen?" rufen die drei mir entgegen. Als ich an der Haustüre bin und sie weiter öffne, sehe ich, dass es schon dunkel geworden ist. Es ist auch schon halb sechs Uhr abends und schließlich der 11. November.
Die drei sind schon entsprechend ausgerüstet, na ja, zumindest teilweise. Manfred trägt an einem Holzstöckchen eine gelbe Papierkugel-Laterne, in deren Mitte unten eine Kerze flackert, Günter hat nur ein rote, etwas dickere Kerze in seiner linken Hand, die er vorsichtshalber mit einem alten Arbeitshandschuh, den sein Opa von der Teerverwertung mitgebracht hat, gegen heiße Wachstropfen gesichert hat. Die rechte Hand hält er schützend vor die Kerzenflamme. Helmut hat eine halb abgebrannte Pechfackel, die vorn mehr glimmt als dass sie eine Flamme hätte.
„Ich muss fragen, ob ich noch raus darf", sage ich. Da aber heute Freitag ist und ausnahmsweise morgen keine Schule, gibt meine Mutter mir Ausgang bis nach Geschäftsschluss. Um spätestens 7 müsste ich zurück sein und wo wir überhaupt hingingen, wollte sie wissen. „Zu den Geschäften in der Nähe", antworte ich, schnappe mir meine zylinderförmige Laterne aus der Spielbank, frage meine Oma nach einer Ersatzkerze und Streichhölzern und bin auch schon aus der Wohnung verschwunden.
„Wo sollen wir anfangen?" fragt Helmut, und wir beschließen, natürlich bei Passmann, dem kleinen Kolonialwarenladen nebenan, anzufangen. Durch das Schaufenster sehen wir, dass Frau Passmann gerade

eine Kundin bedient und an der Wurstschneidemaschine arbeitet.

Wir öffnen die Ladentüre und beginnen mit „Laterne, Laterne …". Da Frau Passmann die Geduld der Kundin – es ist übrigens Waltrauds Mutter von gegenüber – nicht über Gebühr strapazieren will, sind Waltrauds Mutter, Frau Passmann und wir schnell von unserem Gesang erlöst, und die Ladeninhaberin stellt die beiden großen, viereckigen Blechdosen mit dem Zuckerguss- und dem Schokoladenguss-Zwieback vor uns auf die Theke. Jeder greift einmal hinein; ich nehme Schokolade. Wir bedanken uns, gehen die vier Stufen hinunter und stehen wieder auf der Singstraße.

Unser Plan sieht dann vor, als nächstes zu Frau Oehlandt oben auf der Singstraße zu gehen, dann um die Ecke zu Bäcker Appenzeller auf der Augustastraße, weiter zu Accos, dann durch die Brückelstraße. Wir ziehen los.

Eigentlich sind wir ja schon ein bisschen zu alt fürs Schrappen: Günter ist 10, Helmut und ich sind 11 und Manfred ist sogar schon 12 Jahre alt. Aber die Aussicht auf kostenlose Süßigkeiten lässt uns da gar nicht dran denken.

Das feine Glöckchen an der Ladentüre zu Frau Oehlandts Tabak- und Zigarrenladen klingelt. „Laterne, Laterne, Sonne, Mond und Sterne …" schallt es aus unseren Kehlen, als Frau Oehlandt aus einem Nebenzimmer hinter ihre Ladentheke tritt. Nach „Sankt Martin, Sankt Martin, Sankt Martin ritt durch Schnee und Wind …." ist Frau Oehlandt zufrieden, langt in das Glas mit den Lakritzschnecken und gibt jedem von uns eine in die Hand. Wir bedanken uns artig und verlassen das Geschäft.

Schon bei mir zu Hause hatten wir uns darauf geeinigt, alles, was wir bekommen, in Manfreds Plastiktüte zu sammeln und später dann gerecht zu teilen. Also landen die vier Lakritzschnecken auf den vier Guss-Zwieback-Stücken in Manfreds Plastiktüte, wie er durch einen fast unauffälligen Kontrollblick feststellt.

Dann geht es bei der Gaststätte „Meiderischer Hahn", die schon lange geschlossen ist und wohl demnächst abgerissen werden soll, rechts um die Ecke in die Augustastraße, wo gleich auf der anderen Straßenseite die Familie Appenzeller ihr Bäckereigeschäft hat.

Wir kennen die Bäckerei gut, schließlich holen wir da unsere Brötchen und manchmal Kuchen. Außerdem ist die Tochter der Familie auf der Brückelschule in meiner Klasse gewesen, und Helmuts Schwester

Renate arbeitet dort als Verkäuferin.
Wir spulen unser Liederrepertoire ab und als das Ross St. Martin geschwind fort trug, ist Frau Appenzeller zufrieden und neben etwas Spekulatiusbruch gesellen sich Kekse und kleine Gebäckstücke zu unserem Gusszwieback mit Lakritzschnecke.
Der Auftritt bei Accos ist recht kurz, denn schon nach dem gesungenen Wunsch, dass die liebe Laterne nicht ausbrennen möge, steht eine Verkäuferin mit einem Glas voller Weingummi vor uns, in das jeder von uns einmal hineingreifen darf. Über der Tüte werden die Hände wieder geöffnet und das Weingummi plumpst hinein.
Da wir uns bei Spiel- und Haushaltswaren Kilian und der Leihbücherei Weymann in der Brückelstraße nichts Süßes versprechen, geht es gleich weiter zur Drogerie Lampe, von der wir wissen, dass es da ein Glas mit Bonbons für die Kinder der Kunden gibt. Herr Lampe ist streng mit uns. Nach den drei Strophen des Liedes „Laterne, Laterne" und den ersten beiden von „Sankt Martin" – mehr können wir leider nicht – fragt er: „Und? War das schon alles?" Wir sehen uns erst fragend, dann ratlos an.
Schließlich rettet uns Helmut und stimmt zu unserem Erstaunen „Senter Mates Vögelkes geflooge, gestoowe" an. Herr Lampe ist so begeistert, dass wir dieses alte St. Martin-Lied in „Meierksch Platt" können, dass er einstimmt: „ööwer de Rin, wo de fäte Färkes sin, hiir wont en rike Man, der os noch wat gääwe kann, andere Joor al weer wat, los os ni so lange stoon, wej wele noch en Hüske wijergoon" und gar nicht merkt, dass wir mangels Text schon längst nicht mehr mitsingen.
Um sich die „Gizhals, Gizhals, Gizhals"-Rufe zu ersparen, die wir dann wieder gewusst hätten, dreht er auf dem Absatz um und strebt dem Bonbonglas für Kundenkinder zu, das auf der Theke neben der Registrierkasse steht. Die klebrige Flüssigkeit, mit der die Bonbons gefüllt sind, ist schon durch das Papier gekrochen, mit dem sie umhüllt sind, so dass wir alle mehrere aneinander klebende Bonbons aus dem Glas nehmen müssen, die dann natürlich in Manfreds Tüte wandern.
„Wisst ihr eigentlich, Jungens, was ihr hättet singen müssen, wenn ich euch nichts gegeben hätte?" fragt uns Herr Lampe, bevor wir weiterziehen. „Wir hätten ‚Gizhals' gerufen", antwortet Helmut. „Ja", sagt Herr Lampe, „aber davor hättet ihr noch die Zeilen ‚Dat Hus, dat steet op eene Pen, dä Gizhals wont da mede dren' singen müssen."
Lächelnd schaut er uns noch eine Zeitlang hinterher.

Jetzt ist es schon viertel nach sechs, und wir wollen noch vor Geschäftsschluss zur Metzgerei Knübel an der Ecke Schlossstraße gegenüber dem alten Kunzeschen Bauernhaus. Hier bleibt uns „Senter Mates" Gott sei Dank erspart und schon nach der zweiten Strophe von „Laterne, Laterne" steht eine Verkäuferin mit einem silbernen Tablett voller dick geschnittener Blutwurstscheiben vor uns, von dem wir uns jeder zwei nehmen dürfen. Unsere Tüte ist jetzt mehr als zur Hälfte gefüllt.

Zum Abschluss statten wir – auf dem Weg zurück zur Singstraße – der Trinkhalle Sternke noch einen Besuch ab. Hier müssen wir uns doch tatsächlich durch die dritte Strophe des St. Martin-Liedes kämpfen, bis der gute Martin endlich seinen Mantel mit dem Schwert teilt, um später dem Bettler eine Hälfte geben zu können. Aus dem Glas mit den dicken Kaugummikugeln dürfen wir uns jeder eine Kugel nehmen und beschließen, diese gegen den aufkommenden Hunger nicht in die Tüte, sondern gleich in den Mund zu stecken.

Apropos teilen: Noch genervter als vor etwa eineinhalb Stunden erlaubt meine Mutter schließlich, dass wir unsere Beute auf unserem Küchentisch teilen. Wir stehen gespannt um den Tisch herum. Meine Mutter, meine Oma und mein Vater, der inzwischen auch zu Hause ist, halten sich im Hintergrund.

Manfred spannt die offene Seite der Tüte mit seinen Fingern und hält sie mit der Öffnung nach unten über den Tisch. Es passiert erst einmal gar nichts. Dann packt Manfred die Tüte mit Daumen, Zeige- und Mittelfinger an ihren Bodenecken und schüttelt sie – die Öffnung nach unten – über dem Küchentisch. Plötzlich tut es ein kräftiges „PLOPP"! und heraus fällt ein Kloß aus Lakritzschnecken, Spekulatius, Keksen, Gebäck, Weingummi, klebrigen Bonbons mit Papier und Blutwurstscheiben.

Wir sehen uns erstaunt an, dann wieder auf den Kloß, dann fragend in Richtung meiner Eltern und meiner Oma.

Mein Vater weiß eine Lösung. Er holt das kräftige Fleischmesser aus der Schublade und teilt den Kloß in vier gleichgroße Stücke, wie es „Sankt Martin" bzw. „Senter Mates" nicht besser hätte hinbekommen können.

Mit Abfahrtsski durch Meiderich (1961)

Das Max-Planck-Gymnasium besitzt ein Schullandheim in Udenbreth, einem knapp 700m hoch gelegenen Dorf in der Eifel. Stolz erzählt uns unser Klassenlehrer, Herr Wagner, wie man das verfallene Haus 1951 gekauft und dann in unzähligen Arbeitsstunden zu einem Landheim für die Schule hergerichtet habe.
Herr Wagner ist ein begeisterter Skifahrer. Schon im kommenden Winter, am liebsten im Februar, will er gerne mit uns nach Udenbreth fahren. Wir sind Feuer und Flamme! Allerdings: Nur wenige von uns sind für so eine zehntägige Expedition in den Hocheifel-Winter wirklich ausgerüstet.

die Sexta b des Max-Planck-Gymnasiums mit ihrem Klassenlehrer Herrn Wagner

Natürlich gibt es im Winter auch in Meiderich Minusgrade und Schnee, also haben wir lange Unterhosen, warme Socken, einen dicken Pullover und eine Winterjacke. Auch eine Pudelmütze, die man über die Ohren ziehen kann und Gummistiefel mit Filz-Innenschuhen gehören zu unserer Ausstattung. Aber reicht das für zehn Tage Udenbreth?
„Wir werden Wanderungen im Schnee machen, Schlitten fahren, und wer will, dem bringe ich auf dem ‚Weißen Stein' das Skifahren bei", macht uns unser Klassenlehrer Appetit auf die Klassenfahrt. In den

letzten Jahren hat unsere Schule fleißig Schlitten gesammelt und auch einige Paar Ski und Schuhe und immer wieder mit den Transporten ins Schullandheim nach Udenbreth geschafft.

Nur drei von uns besitzen eigene Ski, weil sie mit ihren Eltern in den Weihnachts- oder Osterferien in den Skiurlaub fahren.

Am Elternabend nach den Herbstferien stimmen unsere Eltern der Klassenfahrt zu. Das ist nicht selbstverständlich, denn für einige Familien sind die 70 Mark für Busfahrt, Unterbringung und Verpflegung doch eine Menge Geld.

Außerdem hat Herr Wagner an diesem Abend noch eine ganz aktuelle Information für unsere Eltern: Bei Sport Thiele auf der Bahnhofstraße gibt es Holzski mit Seilzugbindung und Stöcken für 79 Mark im Angebot!

Am nächsten Tag sagt mein Vater morgens vor der Schule zu mir, dass ich mir für nachmittags nichts vornehmen und so gegen 17.00 Uhr zu Hause sein soll. „Lass dich überraschen!" war seine Antwort auf meine Fragen und mein staunendes Gesicht.

In der Schule wird mir so langsam klar, worum es gehen könnte, als nach und nach durchsickert, was gestern auf dem Elternabend so alles besprochen wurde.

Als mein Vater um kurz nach fünf nach Hause kommt, sage ich ihm natürlich nichts von meinen Ahnungen. Als wir dann an der Ecke Westender - und Bahnhofstraße nach rechts Richtung Marktplatz abbiegen, bin ich sicher, dass ich mit meiner Ahnung recht habe und werde ganz kribbelig.

Im Sportgeschäft Thielen probiere ich zunächst ein paar Skischuhe in Größe 38 an. Sie haben kräftige, schwarz-weiße Schuhriemen, zwei Eisenbeschläge rechts und links vorn an der vorgeschobenen Sohle und eine Kerbe hinten am Absatz. Sie passen!

Dann legt Herr Thielen ein Paar von den Holzski zu 79 Mark auf den Ladenboden, und ich steige mit den Skischuhen in die Bindung. Mit einem Schraubendreher stellt er die Bindung nach, schließt und öffnet mehrmals den Seilzugspanner. Schließlich ist er zufrieden.

Dann sucht er noch ein paar passende Stöcke für mich heraus. Sie sind aus Bambusholz, haben oben einen Ledergriff mit Schlaufe und unten, etwa 10 cm oberhalb der Spitze einen Holzring, der von sich kreuzenden Lederbändern am Stock gehalten wird.

Aus den 79 Mark für das Ski-Sonderangebot sind dann schließlich 127 Mark und 35 Pfennig geworden. „Sagen wir 125 Mark für alles", gibt Herr Thielen meinem Vater noch einen kleinen Rabatt.

Mein Vater nimmt den Karton mit den Skischuhen, ich schultere meine neuen Ski, nehme die Stöcke in die linke Hand und gehe stolz und deutlich langsamer als sonst mit meinem Vater Richtung Singstraße.

Pistentrampeln am Weißen Stein (1961)

Endlich ist der Tag der Abfahrt gekommen. Wir, die Sexta b des Max-Planck-Gymnasiums, stehen aufgeregt neben unseren Koffern. Ich entdecke neben zwei Paar blauen und einem Paar roter Ski weitere drei Paar Ski, die wohl vor ein paar Tagen noch bei Sport Thielen im Laden gestanden haben.

Etwas im Hintergrund stehen Gruppen von Eltern, von denen einige aufgeregter zu sein scheinen als wir, als plötzlich ein silbern und blau lackierter Setra-Reisebus um die Ecke biegt. Wir jubeln und springen mit ausgestreckten Armen in die Höhe. Herr Wagner und der Busfahrer, Herr Hönnepel beruhigen erst einmal die Gemüter.

Schließlich sind alle Koffer und Ski im Bus verstaut, peinliche Küsse mit Eltern ausgetauscht, und wir dürfen in den Bus.

Je näher wir Udenbreth kommen, umso weißer wird die Landschaft. Ich komme aus dem Staunen nicht heraus: So viel Schnee habe ich noch nicht gesehen. „In Udenbreth liegen 40 cm Schnee!" sagt Herr Wagner über den Bus-Lautsprecher, und unser Jubel kennt kaum Grenzen.

Nach dem Frühstück im Speisesaal in Udenbreth am nächsten Morgen erhebt sich Herr Wagner am Lehrertisch. Es wird sofort mucksmäuschenstill. „Ihr zieht gleich eure warmen Wintersachen an. Ich will niemanden ohne Pudelmütze sehen! Wir treffen uns alle pünktlich um viertel nach neun hinter dem Haus an der Kellertreppe. Wenn ihr jetzt in eure Zimmer geht, vergesst nicht: Im Haus wird nicht gerannt!"

An der Kellertreppe gibt Herr Wagner Skiausrüstungen und ein- und zweisitzige Schlitten heraus, dann setzt sich die Sexta b zu Fuß, mit geschulterten Ski oder Schlitten an Hanfseilen in Bewegung Richtung

"Weißer Stein". Nachdem wir am Gasthof Breuer vorbei sind, bleiben wir oben am Hang stehen.
"So, die rechte Hälfte ist für die Schlittenfahrer. Ihr wechselt euch mit den Schlitten ab, damit jeder fahren kann. Um viertel vor zwölf gehen wir von hier aus zum Heim zurück, damit wir pünktlich zum Mittagessen sind. Ich gebe euch ein Zeichen, wenn es soweit ist. Die Skifahrer kommen mit mir auf die linke Hälfte des Hanges."

Auf dem Weg zum „Weißen Stein"
Auf meinem Schlitten (Mitte) liegen die neuen Ski.

An einer Stelle, die Herrn Wagner geeignet scheint, bleiben wir Skifahrer stehen. Außer den dreien, die schon Skifahren können, gibt es noch die vier mit den Ski von Sport Thielen und sechs weitere, die sich eine Skiausrüstung vom Heim ausgeliehen haben. Zusammen mit Herrn Wagner sind wir also vierzehn. Glücklicherweise, denn die Aufgabe, die wir jetzt bekommen, ist nicht ohne und von vielen schneller und besser zu bewältigen. Denken wir.
Herr Wagner zeigt uns eine Fläche von etwa 20 Meter Breite und 50 Meter den Hang hinab. „Jetzt schaffen wir uns erst einmal eine Piste! Reiht euch hintereinander hangabwärts auf und tretet mit jedem Ski abwechselnd sechs Mal kräftig auf. Danach geht jeder eine Doppelskibreite nach unten, und der Vorgang wiederholt sich, bis wir etwa 50

Meter abwärts geschafft haben. Dann geht der unterste eine Skilänge rückwärts, alle anderen folgen, wenn sie am untersten Punkt angekommen sind, und es geht auf die gleiche Weise wieder hinauf, bis wir ungefähr 20 Meter Breite geschafft haben. Das heißt, es geht fünf Mal runter und fünf Mal rauf. Danach ist eure Muskulatur schon schön erwärmt und ihr habt bereits ein erstes Gefühl für die Ski. Außerdem lässt sich auf einer festgetretenen Piste besser lernen."
‚Das hört sich nachvollziehbar und einfach an', denke ich und mache mich mit den anderen daran, die von Herrn Wagner gewünschte Abwärtsreihe zu bilden. Allerdings: Zehn von uns haben noch niemals auf Skiern gestanden! Es herrscht plötzlich ein unglaubliches Durcheinander, begleitet von zahlreichen ungewollten Bodenkontakten. Nach etwa einer Viertelstunde stehen acht der vierzehn Skifahrer in der gewünschten Abwärtskette, als der oberste plötzlich hangabwärts fällt und die anderen sieben es ihm wie Dominosteine gleich tun.
Kaum zu glauben, aber nach eineinhalb Stunden ist unsere Piste fertig! Nicht nur die Muskulatur ist vorgewärmt, wir sind schweißgebadet und würden am liebsten die Pudelmützen vom Kopf reißen.
Der Skikurs für die Skianfänger kann beginnen. Wir stellen uns quer zum Hang nebeneinander an der oberen Kante unserer selbst geschaffenen Piste auf. Herr Wagner steht uns im Abstand von etwa zehn Metern gegenüber, erklärt uns Schneepflug und Stemmbogen und vergisst nicht zu erwähnen, was eine Textilbremse ist. Dann macht er das Erklärte vor, ohne die Textilbremse.
‚Sieht elegant aus', denke ich. Weniger elegant ist allerdings, was wir im Nachfahren bieten, und die Textilbremse wird zur am häufigsten kopierten Übung. Manchen gelingt auch die nicht, und es kommt zu ersten ungewollten Schussfahrten bis hinein in den Tiefschnee und dann doch zur Textilbremse.
Als alle mehr oder weniger schadlos am unteren Teil unserer Piste angekommen sind, heißt es abzuschnallen und am Rande der Piste mit geschulterten Brettern nach oben zu gehen. Vor allem in Skischuhen ganz schön anstrengend. Aber die Abfahrt lockt.
Pustekuchen! Als wir wieder am oberen Rand der Piste sind, gibt Herr Wagner mit einer Trillerpfeife das Zeichen zum Versammeln.
Auf dem Weg zurück zum Heim haben alle viel zu erzählen, auch davon, dass Werner rücklings auf seinem Schlitten liegend unten am Hang unter einem Stacheldrahtzaun durchgerauscht ist und außer zwei

Nach einem Ski- und Schlittentag am ‚Weißen Stein'. Ich sitze als Dritter von links

parallelen, etwa kopfbreit auseinander liegenden Rissen in seinem grauen Anorak nichts davongetragen hat. Wir Skifahrer erzählen von unserer Pistentrampelei. „Hoffentlich gibt es keinen Neuschnee", sagt Manfred, „dann geht die ganze Trampelei noch einmal von vorne los!" Als wir beim Mittagessen sitzen, sehen wir durchs Fenster, dass es ganze leise zu schneien beginnt…

Auf der Walz (1961)

Es ist zwanzig vor zwei. Wir sitzen beim Mittagessen. Es gibt Endiviensalat untereinander mit gebratener Blutwurst. Lecker!
Es wird nicht viel geredet. Mein Vater freut sich bestimmt schon auf den kurzen Mittagschlaf, den er sich meistens nach dem Essen gönnt. Meine Mutter denkt an die Büroarbeit, die heute noch zu erledigen ist: Die Juli-Abrechnung für unsere 14 Zimmerleute muss fertig gemacht werden. Meine Oma sinniert wohl darüber, dass wir uns noch umgucken werden, wenn sie mal nicht mehr ist. Ich selbst warte darauf, dass

meine Eltern endlich aufgegessen haben und ich grünes Licht bekomme, mir ein Micky Maus-Heft aus der Spielbank, auf der ich sitze, herauszunehmen.

In diese Stille hinein schellt es plötzlich. Zwei Mal lang und irgendwie aufdringlich. Wir sehen uns fragend an. Meine Mutter, die eben die Gabel mit dem letzten Stückchen Blutwurst zum Mund geführt hat, steht auf um nachzusehen.

Ich höre, wie meine Mutter den Türdrücker betätigt und Augenblicke später eine tiefe, aber sympathische Männerstimme „Kann ich den Meister sprechen?" fragt. „Wir essen gerade", sagt meine Mutter. „Ich habe nur eine kurze Frage", bleibt die Männerstimme beharrlich. „Dann kommen Sie rein, wir sind in der Küche."

Schwere Schritte folgen meiner Mutter zur Küchentür. „Hier ist jemand für dich, Eugen", sagt meine Mutter und verdreht dabei leicht die Augen. Dann füllt sich der Rahmen der Küchentür mit einem zünftigen Zimmermann.

Er trägt einen schwarzen Hut mit breiter Krempe, weite Schlaghosen aus grobem schwarzem Cord, in die ein weißes Hemd gesteckt ist. Über dem Hemd trägt er eine 8-knöpfige Weste und darüber ein Jackett mit sechs Knöpfen, beides ebenfalls aus schwarzem Cord. Unter der Weste lässt die geöffnete Jacke einen schweren Ledergürtel erkennen, auf dessen Koppelschloss typische Handwerkszeuge eines Zimmermanns zu sehen sind.

Ich bin sehr beeindruckt von diesem Mannsbild. Meine Oma wohl auch. Ich glaube ein Lächeln über das Gesicht meines Vaters huschen zu sehen. „Was gibt's?" fragt er in einem Ton, der nicht zu dem Lächeln passt.

„Ich bin ein Zimmermann auf der Walz, Meister, und suche Arbeit." – „Dann lass uns kurz ins Büro gehen", antwortet mein Vater, erhebt sich und geht dem Zimmermann voraus ins Büro. Ich höre, wie die Tür ins Schloss fällt.

Ich verlasse meinen Platz auf der Spielbank und schiele um den Rahmen der Küchentür herum in den Korridor Richtung Bürotür. Zwischen dieser und der Wohnungstür lehnt ein knorriger, gedrehter Wanderstock, an dem ein Bündel – wohl mit seinem Hab und Gut – hängt. Dieses Bündel heißt „Charlie", wie mir mein Vater später erklärt. „Charlie" ist von dem Wort „Charlottenburger", wie es eigentlich heißt, abgeleitet.

Hermann, so heißt unser neuer Geselle, hat Glück. Da es in Meiderich keine spezielle Herberge für Wandergesellen gibt, bietet Walter, einer unserer Gesellen, ihm einen Schlafplatz an. Drei Wochen bleibt Hermann bei uns und wird im Rahmen eines Richtfestes, das zufällig an seinem letzten Arbeitstag gefeiert wird, verabschiedet.
Mein Vater hätte ihn gern behalten. Hermann ist ein guter Zimmerer. Aber es zieht ihn weiter, und ich darf dabei sein, als mein Vater sein kurzes, aber sehr positives Arbeitszeugnis in Hermanns Wanderbuch einträgt. Zum Schluss setzt er unseren Firmenstempel und seine Unterschrift darunter. Für Hermann geht die Tippelei weiter.

Messerstich (1961)

An manchen Tagen hängen wir lustlos auf den Bänken der kleinen Grünanlage an der Herkenberger Straße herum und wissen nicht, was wir tun sollen. Das ist meist dann der Fall, wenn der letzte „Fernsehball" aus Plastik oder der nagelneue Lederfußball, den mein Vater tags zuvor für mich auf der Meidericher Kirmes geschossen hat, unter einem LKW-Reifen alle Fußballträume haben platzen lassen.
„Wir haben lange nicht mehr ‚Messerstich' gespielt", wirft Helmut plötzlich in die Runde. Ruckartig gehen unsere Köpfe hoch. Wir sind begeistert. „Klasse Idee!" lobt Erwin. „Lasst uns Messer holen!"
Wir verschwinden kurz in unseren Häusern. „Messer holen" ist leichter gesagt als getan, denn „Messer, Gabel, Schere, Licht sind ... auch für fast Zwölfjährige ... nicht", ist in den Köpfen unserer Eltern.
Ich habe Glück. Meine Oma ist im Hof und pflegt ihre Hortensien. Ich öffne das Besteckschoss und suche nach einem geeigneten Messer. Am besten scheint mir das „kleine Messken", wie meine Oma es liebevoll nennt, zu sein. Es ist sauscharf, spitz genug und hat trotz seiner geringen Größe ein gutes Gewicht. Es könnte allerdings Ärger geben, wenn es stumpf wird oder kaputt geht. ‚Egal', denke ich, ‚ein Sieg bei ‚Messerstich' ist einen kurzen Ärger mit der Oma wert.'
Das Messer verschwindet in meiner Lederhose und ich aus unserer Wohnung. Als ich um die Ecke biege, ist noch keiner von den anderen zurück, erst nach und nach trudeln sie alle ein. Es scheint wohl in allen Fällen nicht so einfach gewesen zu sein, das passende Messer zu finden und unbeobachtet einzustecken.

Es geht los. Jeder von uns vieren malt sich mit seinem Messer einen Kreis von etwa 30cm Durchmesser auf den Boden, der sein Land symbolisieren soll. Die „Länder" sind etwa dreißig cm voneinander entfernt. Jeder gibt seinem Kreis einen Ländernamen. Am beliebtesten sind USA, Deutschland, England und Frankreich. Im „Piss-Pott-Verfahren" wird die Reihenfolge, in der man seinen Ländernamen aussuchen darf, ermittelt. Bei „Piss-Pott" gehen zwei aufeinander zu, die immer abwechselnd einen Fuß vor den anderen setzen. Wer den letzten ganzen Fuß setzen kann, hat gewonnen. So ergibt sich, dass Erwin USA wählt, Jürgen England, ich Frankreich bin und Helmut Deutschland ist.

Nach einem weitern „Piss-Pott" wird ermittelt, wer als erster das Messer wirft. Jürgen gewinnt und versuchte, mit zwei Messerwürfen die Breite einer Brücke zu meinem Frankreich, dem er zuvor den „Krieg erklärt" hat, festzulegen. Es zählen natürlich nur Messerwürfe, die auch im Boden stecken bleiben. Je enger sie beieinander liegen, desto besser. Jürgen hat Erfolg und zieht mit seinem Messer zwei verdammt eng beieinander liegende Linien von England nach Frankreich. Dann versucht er, zwanzig steckende Messerwürfe in mein Frankreich zu schaffen und es damit zu erobern. Ich komme schon ans Schwitzen, als beim 16. Wurf das Messer endlich auf die Seite fällt. Jetzt muss ich Jürgens 15 gelungene Messerwürfe erst aus meinem Frankreich wieder „rausholen", wie wir es nennen, anschließend mit zwei steckenden Würfen seine Brücke zerstören und selber eine Brücke zu dem Land, das ich angreifen will, bauen.

Es ergibt sich ein abwechslungsreiches Hin und Her, aus dem Erwin, der zum Schluss England, Frankreich und Deutschland erobert hat, als Sieger hervorgeht.

Tatsächlich ist es inzwischen kurz vor eins geworden. Wir müssen nach Hause und verabreden uns für später an den Bänken. „Wenn jeder eine Mark auftreiben kann", gibt Jürgen uns noch mit auf den Weg, „reicht es für einen neuen Fernsehball, den es seit gestern bei Kilian für 3 Mark 95 gibt".

Auf den letzten Metern nach Hause beschäftigt mich nur noch die Frage, wie ich Omas „Messken" wieder unbeobachtet in das Besteckschoss kriege. Es scheint das „Messerstich-Spiel" einigermaßen unbeschadet überstanden zu haben, ist natürlich schmutzig.

Wie befürchtet ist meine Oma nicht mehr bei ihren Hortensien, sondern in der Küche. „Hallo Oma", druckse ich herum und verschwinde wieder ins Badezimmer und säubere das „Messken" unter dem Wasserkran. Sorgfältig trockne ich es anschließend mit dem dunklen Handtuch für „unten rum" ab. Sieht gut aus. Ich stecke das „Messken" wieder in die Lederhose und gehe zurück in die Küche. „Hallo Oma", sage ich und merke sofort, wie blöd es war. Das habe ich doch eben schon gesagt. Am Blick meiner Oma erkenne ich, dass auch sie sich wundert.

Dann nimmt sie den großen, goldfarbenen Wasserkessel, geht zum Spülstein und füllt den Kessel mit starkem Wasserstrahl. Das hört sich ein bisschen so an, als ob ein Flugzeug dicht über unserem Haus zum Landen ansetzt. Ich nutze das laute Geräusch in der Küche: Schoss auf – „Messken" rein – Schoss zu!

„Was stehst du da rum?" fragt meine Oma, als der Kessel gefüllt ist. „Du kannst schon mal den Tisch decken!" Dankbar öffne ich die Schranktür und hole die flachen Teller heraus. „Hol bitte auch ein Brettchen und das kleine „Messken" raus. Ich muss Schnittlauch schneiden."

Dass die Schadensprüfung so schnell kommen würde, hätte ich nicht gedacht.

Schrott sammeln (1961)

„Also, morgen um 9.00! Und vergiss nicht, die beiden Kartoffelsäcke mitzubringen!" Mit diesen Worten verabschieden sich Jürgen und Hermann an diesem Sommerabend von mir. Wie so oft in den Ferien haben wir einen harten Fußballtag hinter uns. Das Straßenspiel gegen die Schlossstrasse hatten wir „auf Wiese", der kleinen Grünanlage an der Ecke Herkenberger- und Singstraße, mit 4:3 für uns entscheiden können. Erwin hatte mit einem wunderbaren Flugkopfball kurz vor Schluss alles klar gemacht.

Morgen soll mal Fußball-Pause sein, wir wollen Schrott sammeln. Das heißt, wir Jungs ziehen mit Kartoffelsäcken, die ich meiner Oma mit Mühe abschwatzen kann, von Aschentonne zu Aschentonne und statten den beiden Trümmergrundstücken in unserer Nähe einen Besuch ab, um zu sehen, was zu finden ist.

In den Aschentonnen finden wir meistens Konservendosen, manchmal aber auch Dinge aus Eisen: verrostete Werkzeuge, Töpfe und Ähnliches. Zwischendurch kommen wir an dem Trümmergrundstück gegenüber der Firma Graffmann, auf dem noch die Ruine eines halben Hauses steht, vorbei. Auch hier finden wir – obwohl wir das Gelände sicher schon mehr als ein dutzend Mal abgesucht haben – immer wieder etwas aus Eisen.

Einmal haben wir am Eingang zu einer Firma, die sich an das Brachgelände an der Ecke Herkenberger- und Bahnhofstraße anschließt, ein schweres gusseisernes Tor „gefunden", das neben dem neu eingesetzten Tor an der Wand einer Lagerhalle lehnte. Ob man das extra für uns dahin gestellt hat, war nicht klar, aber wir brauchten sechs Leute, um es zu Schrotthändler Ebert auf der Brückelstraße zu transportieren. Das gab richtig Geld: 6 Mark und 50 Pfennig!

Auch heute spricht uns beim Schrott sammeln wieder jemand an: „Hört mal, Jungs, ich hab da noch was im Keller. Wartet mal!" Kurze Zeit später kommt er mit einer angerosteten Waage und sechs Gewichten wieder zurück. Das wiegt! Waage und Gewichte kommen in den Eisensack, der andere ist der Blechsack.

Um halb eins stehen wir auf dem Hof von Schrotthändler Ebert. Wir haben auch auf der Singstraße einen Schrotthändler, den Donkhorst. Der zahlt aber nicht so gut wie der Ebert. „Na, was habt ihr denn da?" will Herr Ebert wissen und wirft einen prüfenden Blick in unsere Säcke. „Stellt mal drauf!" sagt er und deutet auf die eiserne Waage neben seiner Bürotür. Wir heben zuerst den Eisensack und anschließend den Blechsack auf die Waage. Herr Ebert schiebt jeweils ein rundes Eisenstück oben an der Waage über eine Schiene. Dann verschwindet er in seinem kleinen Büro, und wir sehen durchs Fenster, wie er eine grüne Geldkassette öffnet. Er entnimmt ihr Kleingeld – auf Scheine war nicht zu hoffen – kommt wieder heraus und zählt Jürgen vier „Füchse" und ein Zehnpfennigstück in die Hand. Wir verlassen den Hof. An der Ecke von Behmenburg bleiben wir stehen und rechnen aus, dass jeder 70 Pfennig bekommt.

Auf dem Weg nach Hause kommen wir an der Bude von Herrn Sternke vorbei und hauen unser Geld auf den Kopf. „Schrott sammeln lohnt sich!" sagt Hermann und schiebt sich kurz vor dem Mittagessen noch eine dicke rote Kaugummikugel in den Mund.

Stand anne Wand (1961)

Zwei Häuser weiter, zwischen Passmanns und Meiers, wohnt plötzlich Ursula. Ursula ist hübsch, klein, zierlich und zehn Jahre alt. Ich glaube, ich habe ein Auge auf sie geworfen. Ich weiß nicht genau.
Jedenfalls ist Ursula jetzt in unserer Gruppe von Mädchen und Jungen, die sich an manchen Tagen zum Spielen auf der Straße treffen. Meistens da, wo Waltraud wohnt, da ist der Bürgersteig am breitesten. „Wat sollnwer ma machen?" ist meistens die erste Frage morgens so um 10 Uhr. Die Vorschläge reichen von „Pottfangen" über „Verstecken" und „Schiffer, wie hoch ist das Wasser?" bis zu „Stand anne Wand". Ich bin für „Stand anne Wand", weil wegen Ursula eine Idee in mir reift, kann mich aber nicht durchsetzen. Die meisten sind für „Schiffer, wie hoch ist das Wasser?".
Mit einem Abzählreim wird der erste Schiffer ausgewählt. „Trumpf, rechts am Wald, da steht ein Haus, da guckt ein Oller mitte Glatze raus. Wat is der von Beruf?" Abzähler ist einfach der, der sich anfangs durchgesetzt hat. Alle stehen im Kreis um ihn herum. Bei „Trumpf!" deutet der Abzähler mit der Zählhand in die Mitte des Kreises, anschließend zeigt er mit dem Zeigefinger bei jedem Wort des Abzählreims im Uhrzeigersinn auf einen von uns. Der, auf den er bei „Beruf" zeigt, muss die Antwort auf die Frage des Reims geben. Weiß er sie – er muss sie dem Abzähler ins Ohr flüstern – ist er der Schiffer. Weiß er sie nicht, wird der Abzählvorgang ohne ihn wiederholt. Die Lösung ist übrigens: Der Olle mitte Glatze ist „Rechtsamwald". Zugegeben, diesen Abzählreim kann man in gleicher Runde nicht so oft einsetzen. Es muss mindestens ein Neuer dabei sein, und der Abzähler landet am Schluss geschickt bei dem Neuen.
Es gibt aber glücklicherweise viele Abzählreime. Der kürzeste ist: „Trumpf, ick, zick, zack und du bist ab." Wer zuletzt nicht „ab" ist, ist Schiffer. Zu diesem Reim gibt es natürlich auch Varianten: „„... ab bist du noch lange, lange nicht, sag mir erst, wie alt du bist!" – „Zehn." - Dann wird von dem aus weitergezählt. Die „10" ist dann „ab".
Manchmal sind wir so in unsere Abzählreime vertieft, dass schon zum Mittagessen gerufen wird, bevor das Spiel losgeht. Heute jedoch nicht. Ingrid ist Schiffer. Sie bleibt vor Günters Haustür stehen, wir anderen versammeln uns auf der gegenüberliegenden Straßenseite. Ingrid dreht uns den Rücken zu. „Schiffer, wie hoch ist das Wasser?" fragen wir

laut und fast im Chor. „Zwei Meter fünfzig!" schallt es zurück. „Wie kommen wir da rüber?" – „Mit Hinkeln auf dem linken Bein!" Wir beginnen zu hinkeln, bis Ingrid irgendwann „Stopp!" ruft und sich gleichzeitig umdreht. Sieht sie einen, der sich bewegt, scheidet der aus. Nicht immer ist man sich einig: „Erwin, du hass dich bewegt!" – „Habbich nich!" usw. Gewonnen hat, wer es, ohne in Bewegung erwischt worden zu sein, als Erster auf die andere Straßenseite geschafft hat.
Nach einem Durchgang haben wir keine Lust mehr und entscheiden uns für „Stand anne Wand". Ich werde ein bisschen nervös. Der Abzählreim, dieses Mal der kurze, bestimmt mich zum ersten „Ball anne Wand-Werfer". Unsere „Stand anne Wand" - Regeln sind so: Einer wirft – die anderen stehen im Kreis um ihn herum – einen, meist kleineren, Ball möglichst hoch an die Hauswand und ruft: „Stand anne Wand für (z.B.) Helmut!" Während der Aufgerufene versucht, den Ball schnell und sicher aufzufangen, entfernen sich die übrigen Mitspieler schnell so weit wie möglich vom Ort des Geschehens. Hat der Ballfänger den Ball gefangen, ruft er laut: „Stand!" Die anderen müssen sofort stehen bleiben und sich dem Fänger zuwenden. Jeder muss mit seinen Armen und Händen, die vor seiner Brust ineinandergreifen, eine größtmögliche runde Öffnung bilden. Der Ballfänger muss jetzt versuchen, von der Stelle aus, an der er den Ball gefangen hat, dort hineinzutreffen. Trifft er, dann hat der, bei dem er getroffen hat, eine „Pulle". Gelingt ihm das nicht, bekommt er selber eine „Pulle". Bei drei „Pullen" scheidet man aus.
Ich bin also Ballwerfer. Natürlich will ich „Für Ursula!" rufen und ihr gleichzeitig zu verstehen geben, dass ich sie gern zur Freundin hätte. „Für meine Freundin Ursula!" zu rufen, hätte die Sache klar gemacht. Das traue ich mich aber nicht. Ich muss es also irgendwie verschlüsseln. Dann habe ich die geniale Idee: „meine Freundin" kürze ich mit „m. F." ab, und ihren Namen lasse ich einfach weg.
Ich nehme also den Ball, werfe ihn nur wenig hoch, damit Ursula ihn schnell fangen kann, und rufe: „Stand anne Wand für m. F.!" und entferne mich langsam ein eher kurzes Stück, damit Ursula es leicht hat. Dann drehe ich mich um und sehe, wie alle wegrennen, auch Ursula. Sie hat mich nicht verstanden. Was in aller Welt war an dieser genialen Idee nicht zu verstehen?

In diesem Augenblick öffnet sich unser Wohnzimmerfenster. Meine Oma steckt ihren Kopf heraus und ruft: „Dieter! Essen!" – Mann, habe ich einen Hunger!

Mit Onkel Benno auf der Pirsch (1961)

Schon seit Mitte der 50er Jahre machen meine Eltern regelmäßig Sommerurlaube. Immer zusammen mit einem – nicht immer dem gleichen – befreundeten Ehepaar und immer in Inzell in Oberbayern. Seit ich neun Jahre alt bin, darf ich mitfahren. In den Jahren davor bin ich mit meiner Oma in Meiderich geblieben.

Ich liebe die Urlaube in Inzell. Wir wohnen bei der Familie Dufter und haben dort ein Zimmer mit „fließend kalt und warm Wasser" gemietet. Das Bad mit Klo und Badewanne ist auf dem Gang. Jeden Morgen gibt es ein herrliches Frühstück, meist draußen auf der Terrasse, mit frischen Brötchen und einem Frühstücksei.

Die Pension Dufter in Inzell

In unserem Zimmer stehen ein Doppelbett für meine Eltern und ein Schlafsofa für mich, ein großer Schrank, ein kleiner Tisch mit zwei Stühlen, an dem ich manchmal mit meiner Mutter sitze und Mau-Mau spiele, und ein Sessel. Neben der Türe ist das Waschbecken mit zwei Kränen, einer mit einem blauen und einer mit einem roten Punkt.

In Inzell ist immer schönes Wetter! Wir gehen fast jeden Tag wandern, zum Beispiel zum Café Zwing, wo es den besten Pflaumenkuchen auf der ganzen Welt gibt. Bevor wir losgehen, verkleide ich mich immer als Oberbayer: Ich ziehe ein weißes Oberhemd an, stecke es locker in meine dunkelgrüne Lederhose mit den Hirschknöpfen an den Hosenträgern und krempele mir die Ärmel hoch. Zu meiner Verkleidung gehören auch die beigefarbenen, grob gestrickten Trachten-Kniestrümpfe und die schwarzen Bundschuhe mit ihren dunkelgrünen Schnürsenkeln an der Seite. Zu guter Letzt setze ich noch meinen Sepplhut auf und nehme den Wanderstock, in den mein Vater unterschiedliche Verzierungen und das Wort „Inzell" geschnitzt hat. Auf den Stock hat er ein kleines Blechschildchen mit der Aufschrift „Inzell/Obb." genagelt.

Meine Mutter trägt manchmal ein Dirndl und dazu eine knallrote Handtasche, die sich besonders gut auf den Farbfotos macht, die mein Vater schießt. Mein Vater hat auch meist ein weißes Hemd an, dazu

Meine Eltern mit dem Nachfolger des schwarzen Käfers
(Mercedes 170 V-S) 1955 in Inzell

eine lange Sommerhose und feste Schuhe. Er hat ebenfalls einen Wanderstock, in den er „Inzell 1955" geschnitzt hat. 1955 war ich erst sechs Jahre alt und durfte noch nicht mit.

Ich gehe meist etwa 20 bis 50 Meter vor den Erwachsenen, damit die uns entgegenkommenden Wanderer glauben, ich sei ein waschechter Bayer und hätte mit den Touristen dort hinter mir nichts zu tun.

Am Gipfel des ‚Kleinen Kienbergs'
mit meinem Vater

Wenn es sehr warm ist, gehen wir baden. Dann fahren wir zum Frillensee und verbringen dort den Tag mit Baden, Federball oder Karten spielen.

An einem besonders schönen, aber nicht zu heißen Tag besteige ich mit meinem Vater das „Kienbergl", das ganz in der Nähe des Hauses von Frau Dufter liegt. Ich bin sehr stolz, als wir das Gipfelkreuz endlich erreicht haben.

Abends gehen wir meist in die „Schmelz", ein Ortsteil Inzells, wo es einen Gasthof gleichen Namens, zum Essen. Dort gibt es grobe Holztische und -stühle und eine Theke, an der immer die Einheimischen stehen, manchmal auch die erwachsenen Söhne von Frau Dufter. Auf der Speisekarte steht zum Beispiel Schweinsbraten mit Kraut und Knödeln für 4,80 DM. Wenn es ans Bezahlen geht, holt mein Vater manchmal einen 100 DM-Schein aus seiner Brieftasche und sagt zu meiner Mutter: „Margret, jetzt ist schon wieder ein Blauer angebrochen!"

In diesem Jahr sind Onkel Benno und Tante Janni mit uns in Inzell. Eines Abends beim Essen in der Schmelz – ich esse Kartoffelpüree, Kassler und Erbspüree – sagt Onkel Benno zu mir: „Dieter, was hältst du davon, wenn wir beide morgen ganz früh, noch vor dem Frühstück, mal auf die Pirsch gehen?" Ich bin sehr erstaunt, dass Onkel Benno auf so eine Idee kommt, finde den Vorschlag aber klasse und sage sofort zu.

An unserem Tisch herrscht in diesem Augenblick eine eigenartige Stimmung, die ich nicht einschätzen kann. Aus den Augenwinkeln sehe ich, wie die Erwachsenen sich angucken und mit einem ganz fein verborgenen Grinsen um ihre Münder und in ihren Augen wohl zu erkennen glauben, wie ein Plan zu gelingen scheint.

„Wann wollen wir denn los?" frage ich Onkel Benno, „Frühstück ist ja

immer so um 9.00 Uhr." – „Ich stehe um halb acht unten vor eurem Fenster und rufe dich", antwortet Onkel Benno. Ich sehe zu meiner Mutter hinüber, um wortlos ihr Einverständnis einzuholen. Meine Mutter hat heute Abend besonders viel Urlaubsfrische im Gesicht, finde ich. „Und wo gehen wir hin?" will ich mehr über Onkel Bennos Pirsch-Pläne wissen. „Lass dich überraschen", lässt er sich aber nicht mehr entlocken.
Am nächsten Morgen werde ich schon um halb sieben wach. Ich bin aufgeregt. Meine Eltern schlafen noch. Um sieben stehe ich ganz leise auf und ziehe beinahe geräuschlos meine Wandersachen an. Meine Mutter hat mir noch zusätzlich eine graue Strickjacke herausgelegt, weil es in den Bergen auch im Sommer morgens ja noch recht frisch sein kann.
Ab viertel nach sieben stehe ich am Fenster und warte auf Onkel Benno. Irgendwo pfeift ein Wasserkessel. Frau Dufter ist sicher schon auf und mit der Vorbereitung des Frühstücks beschäftigt. Eine Viertelstunde kann sehr lang sein. Endlich ist es halb acht und Onkel Benno kommt pünktlich um die Hausecke und guckt nach oben. Noch bevor er rufen muss, verständigen wir uns mit Handzeichen.
Ich verlasse leise – die Bundschuhe habe ich noch in der rechten Hand – den Raum. Die Tür quietscht ein wenig und zurückblickend sehe ich durch den sich schließenden Spalt, wie mein Vater ein Auge öffnet und mein Verschwinden bemerkt.
Um viertel vor neun sind Onkel Benno und ich zurück. Ich gehe noch kurz auf unser Zimmer, um mir Hände und Gesicht zu waschen. Das war ja heute früh ausgefallen. Im Zimmer sind meine gut gelaunten Eltern mit den letzten Dingen vor dem Frühstück beschäftigt, und nach zehn Minuten gehen wir gemeinsam hinunter zur Frühstücksterrasse.
Im Treppenhaus treffen wir Onkel Benno und Tante Janni. Onkel Benno und ich kneifen uns ein „Äugsken" zu. Auf dem Weg zu unserem Tisch glaube ich, wieder eine ähnliche Stimmung unter den Erwachsenen festzustellen, wie gestern Abend in der „Schmelz", als Onkel Benno mir den Pirschgang vorgeschlagen hat.
Jetzt jedenfalls sitzen alle bestens gelaunt am Frühstückstisch und freuen sich auf einen bestimmt wieder wunderschönen Tag.

Ferien auf dem Heesberg (1961)

Irgendwie war es unserem Polier Onkel Otto und seiner Frau Käthe gelungen, in Baerl auf der Schulstraße ein kleines Reihenhäuschen zu bauen. Wenn ich daran denke, was bei Onkel Otto freitags auf der Lohntüte steht, dann kann so ein Häuschen nicht teuer sein.

Zumal er mich an diesem Montagnachmittag in den Sommerferien in seinem nagelneuen orangefarbenen DKW 1000 S abholt. „Der geht 160 Sachen!" höre ich Onkel Otto noch vor meinem Vater prahlen. Die Tachoanzeige in unserem grün-weißen Opel Rekord 1500 endet bei 140 km/h.

Onkel Otto, Tante Käthe und meine Eltern, die sich auch privat gelegentlich treffen, haben sich etwas Tolles für mich ausgedacht: „Euer Dieter kann doch mal eine Woche bei uns in Baerl Ferien machen", müssen Onkel Otto und Tante Käthe gesagt haben, „unser Gerd ist ja bei der Bundeswehr, sein Zimmer ist frei. Unsere Marlies würde sich bestimmt freuen!" Meine Eltern halten das für eine tolle Idee und stimmen sofort zu.

Von links: Onkel Otto, meine Mutter, Tante Käthe und meine Schwester

Ich hätte die Ferienwoche lieber mit Günter, Helmut, Erwin, Manfred, Karin, Waltraud und Ursula in unseren Straßen verbracht, traue mich aber nicht, meine Eltern zu enttäuschen. So holt mich also Onkel Otto mit seinem neuen DKW am Montag nach Feierabend ab, am Freitagmorgen will er mich dann wieder mit zurück nach Meiderich nehmen.

Als wir über den Nordhafen Richtung Ruhrort fahren, färbt sich der Himmel im Südwesten rot und eine dicke Rauchsäule steigt auf. „Die Engelchen backen Brot", scherzt Onkel Otto. Ich lächle höflich, weiß aber, dass die „Phönix" den Verschluss eines Hochofens im Hüttenwerk geöffnet hat, damit das Roheisen auslaufen kann. „Und dazu raucht noch einer eine dicke Zigarre!" scherzt Onkel Otto weiter. Als er mir dann auch noch „Klümpchen" (so heißen bei

ihm wohl die Sallekes) aus dem Handschuhfach anbietet, wird mit klar, dass er merkt, dass es nötig ist, bei mir für gute Stimmung zu sorgen.
Nach 20 Minuten lenkt Onkel Otto sein Auto nach rechts auf seine Garagenzufahrt, Tante Käthe füllt schon den Rahmen der Haustür und winkt freundlich. Hinter ihr versteckt sich Marlies, deren schwarze Haare ich erkennen kann.
Zögerlich gehe ich auf Tante Käthe zu. Sie greift mich mit beiden Armen und drückt mich an sich, so dass ich fast vollständig in ihren Körperfalten verschwinde. Ich ringe nach Luft, vor allem nach frischer, denn es riecht ein bisschen streng.
Marlies gibt mir kurz die Hand und verschwindet dann sofort in ihrem Zimmer. Inzwischen ist Onkel Otto mit meinem kleinen Koffer ins Haus gekommen, stellt ihn vor dem Zimmer ab, in dem ich wohl schlafen soll und kommt zu Tante Käthe und mir ins Wohnzimmer, wo schon Erdbeerkuchen, eine Schüssel mit Sahne und eine Kanne mit Saft auf dem Esstisch stehen. „Komm doch mal zu uns, Marlies!" ruft Tante Käthe laut in Richtung Marlies' Zimmer, „es gibt Erdbeerkuchen, den magst du doch so gern!" Ich habe schon ein halbes Stück Kuchen auf, als Marlies sich zu uns setzt. Wir versuchen, uns nicht anzugucken.
Später gehen wir dann raus. Auf der anderen Seite der Schulstraße, schräg gegenüber, lehnen drei Jungen und zwei Mädchen, die etwa so alt sind wie wir, an einem weiß gestrichenen Gartenzaun. Marlies sagt ihnen, wer ich bin, und ich erfahre ihre Namen.
„Lass uns auf den Heesberg gehen", schlägt Wilfried vor, und wir gehen hinauf zu dem bewaldeten Hügel, auf den gleich gegenüber von Onkel Ottos Haus ein schmaler Pfad führt. Er kommt mir riesig vor und zieht sich nach Westen bis zu einer Bahnlinie hin.
Wir beschließen, Verstecken zu spielen. Gott sei Dank, bin ich nicht der erste Sucher und kann mich als Gast aus Meiderich erst mal ein bisschen mit dem Wäldchen vertraut machen. Wir haben viel Spaß, und es ist schnell halb sieben geworden. Tante Käthe und Onkel Otto erwarten uns zum Abendbrot. Später spielt Tante Käthe noch „Mensch ärgere dich nicht" mit uns. Um neun geht's ins Bett.
Wir sieben verbringen auch den ganzen Dienstag zusammen auf dem Heesberg, und ich lerne eine Menge spannender Ecken kennen. Die Freunde von Marlies sind wirklich in Ordnung, und auch Marlies zeigt sich von ihrer netten Seite. Dienstagabend holt Onkel Otto Gerds altes

Kinderfahrrad aus dem Keller. Morgen ist in Orsoy Markt. Tante Käthe will mit uns mit den Rädern dorthin.

Am nächsten Morgen nach dem Frühstück geht es los. Wir radeln zunächst ein Stück Richtung Lohmühle und nehmen dann einen Feldweg nach rechts durch die Felder nach Orsoy. Von der Schulstraße aus geht es zunächst ein längeres Stück bergab, und wir bekommen eine ordentliche Geschwindigkeit drauf, die dann auf dem Weg durch die Felder fast bis Orsoy ausreicht, ohne zu treten. Der Rückweg ist natürlich entsprechend schwieriger.

Nach dem Mittagessen treffen wir uns wieder auf dem Heesberg. „Geht auf keinen Fall zu den Bahngleisen hinunter!" gibt uns Tante Käthe noch mit auf den Weg. Als Wilfried später sein Ohr auf die Schienen legt, stellt er fest, dass sich kein Zug nähert.

Freitagmorgen muss ich früh raus; Onkel Otto nimmt mich mit nach Meiderich. Er muss um sieben Uhr auf dem Lager- und Bauplatz unserer Zimmerei auf der Sommerstraße sein.

Meine Oma ist schon auf, als ich um zehn vor sieben schelle. „Na, hast du schon gefrühstückt?" fragt sie mich. „Nein", schwindele ich. Meine Oma kocht mir zwei weiche Eier und hackt sie mir dann auf zwei Scheiben Wochenendstuten von der Bäckerei Worm. Mein Lieblingsfrühstück, das es eigentlich nur sonntags gibt. Ich genieße es und glaube, meine Oma freut sich auch, dass ich wieder da bin und sie jemanden zum Verwöhnen hat.

Ich ziehe meine Fußballklamotten an, klappere mit meinen Klöppern die Singstraße hinunter und hoffe, meine Freunde auf unserem kleinen Fußballplatz in der Grünanlage auf der Herkenberger Straße zu treffen. Gott sein Dank! Jürgen, Helmut, Erwin und Günter sind da und spielen zwei gegen zwei „auf die Bänke". Die fußballlose Zeit ist vorbei!

IV Auf dem Weg zum „ganzen Kerl" (1962 – 1964)

Die Narben des Herrn W. (1962)

Fußball spielen, Radfahren, Rollschuh-Hockey und seit neuestem Skifahren sind meine Sportarten. Im Winterhalbjahr soll Schwimmen dazu kommen, jedenfalls mittwochs in der 5. und 6. Stunde. Da steht nämlich Schwimmen im Stundenplan der Quinta b des Max-Planck-Gymnasiums.
Wir warten auf dem Schulhof auf Herrn W., unseren Schwimmlehrer, der neben Sport auch noch Kunst an unserer Schule unterrichtet. Dann gehen wir das kurze Stück zum Meidericher Bahnhof, wo schon der Schulbus wartet, um uns zum Schwimmbad nach Ruhrort zu bringen. „Das liegt auf Laarer Gebiet!" wird mein Mitschüler Bernd, der in Laar wohnt, immer sauer, wenn jemand „Ruhrorter Schwimmbad" sagt.
Herr W. hat ein Schulhalbjahr Zeit, denjenigen von uns, die nicht schwimmen können, das Schwimmen beizubringen.
Ich bin Nichtschwimmer und immerhin schon zwölf! Aber außer einmal mit Schwimmflügeln über den Badesee in Inzell habe ich in dieser Hinsicht noch nicht viel zustande gebracht. Schwimmen kommt in unserer Familie nur im Urlaub mit meinen Eltern vor. Trotzdem hatte meine Schwester, als sie zwölf war, schon „Frei und Fahrten" und gilt als „Wasserratte".
Die meisten meiner Mitschüler sind bereits gute Schwimmer, können Köpper vom Beckenrand und beherrschen das Kraulen, die männlichste Art zu schwimmen, ja, springen sogar vom Dreier.
Ich hingegen leide mittwochs vor der Schule neuerdings öfters mal an Bauchschmerzen. Manchmal gelingt es mir, das Mitleid meiner Oma oder meiner Mutter zu erwecken, und ich darf zuhause bleiben. Meist klappt das jedoch nicht. Wenn es nicht klappt, treiben wir Nichtschwimmer uns sehr lange in der Umkleidekabine herum und duschen sehr gründlich, bis Herr W. kommt und die „feige Bande" ins Wasser treibt.
Wir stehen dann im Wasser am Rand des Nichtschwimmerbeckens und blicken auf zu unserem Schwimmlehrer, der sich wie ein Riese über uns, auf der trockenen Seite des Beckenrandes, erhebt. Er trägt

eine hellgraue Badeshorts und zeigt uns seinen behaarten Körper, in den Narben von Schussverletzungen, die er sich „an der Ostfront zugezogen" hat, Schneisen in das ansonsten dichte Körperhaar geschlagen haben.
Er macht Ruderbewegungen mit seinen Armen, wie sie die Brustschwimmer machen. Dann fordert er uns auf, weiter nach links, bis an das rote Seil zu gehen, das „Nichtschwimmer" und „Schwimmer" trennt, und auf die eben vorgemachte Art und Weise an dem roten Seil entlang zur gegenüber liegenden Beckenseite zu schwimmen. Das klappt bei mir genau eine Armbewegung lang, dann greift meine linke Hand nach dem roten Seil und meine Füße suchen den Beckenboden. Ich drohe zu ertrinken! Als ich endlich Beckenboden unter den Füßen habe, steht mir das Wasser bis zum Hals. Diese Vorgänge wiederholen sich mehrmals, und ich erreiche tatsächlich nicht nur die andere Beckenseite, sondern auch das Ende der Schwimmstunde.
Dass mich Herr W. einmal vom Beckenrand fast unabsichtlich ins Schwimmerbecken gestoßen hat, hat auch zu keiner Verbesserung meiner Schwimmfähigkeit geführt.
Als es dann im Dezember und Januar sehr kalt wird, kann ich meinem mittwochs oft kranken Magen etwas Linderung verschaffen. „Wenn ihr keine Pudelmütze für eure nassen Haare mitbringt, dürft ihr nicht ins Wasser!" droht unser Schwimmlehrer der Quinta b Konsequenzen für die kalte Jahreszeit an.
Ich werde immer vergesslicher…

Japanischer Wind (1962)

Beliebtes Sammel- und Tauschobjekt: Uwe Seeler als er noch nicht wusste, wo Meiderich liegt (Foto: Wikipedia)

Wir Jungens haben natürlich alle ein Fußball-Sammelalbum zuhause. Zur Fußball-Weltmeisterschaft in Chile, die Ende Mai beginnt, und ein gutes Jahr vor Einführung der Deutschen Fußball-Bundesliga gibt es jetzt überall Fußballbilder. Für 20 Pfennig kann man Wundertüten kaufen, in denen Bilder von fünf internationalen und deutschen Fußballern sind. Die deutschen Spieler sind meistens aus den Vereinen, die sich Hoffnung machen, im nächsten Jahr in der Deutschen Bundesliga zu spielen oder Nationalspieler. Hans Tilkowski von Westfalia Herne und die Schalker Hans Nowak, Willi Schulz oder Willi Koslowski gehören ebenso dazu wie Uwe Seeler vom HSV. Internationale Stars wie die Brasilianer Pelé und Garrincha, der Portugiese Eusebio oder Bobby Charlton aus England sind natürlich auch vertreten.

Wir sammeln jedenfalls fleißig, und jeder will als erster sein Album vollständig haben. Das führt zu einem Wundertüten-Kaufrausch und – leider – zu sehr vielen doppelten Bildern. Die doppelten haben wir immer in der Tasche, jederzeit zum Tauschen bereit: „Hasse Koslowski? Dann krisse Pelé!" Irgendwann besitzt jeder von uns ein dickes Paket von doppelten, dreifachen, ja vierfachen Bildern, die man einfach nicht mehr getauscht bekommt. Dann wird halt gelatzt!

Die Latzer stehen an einer Linie etwa drei bis vier Meter von einer Hauswand entfernt. Einer nach dem anderen latzt dann sein Bild, das er zwischen Zeige- und Mittelfinger hält, mit einer ruckartigen Bewegung, bei der die Finger, die das Fußballbild halten, von der

Handfläche aus nach vorne schnellen, um die Karte möglichst nah an die Hauswand zu bringen.

Wer einen „Steher" schafft – die Karte kommt schräg an die Hauswand gelehnt zur Ruhe – wird nicht nur bestaunt, sondern ist auch Erster. Er darf alle gelatzten Bilder vom Bürgersteig aufsammeln und sie etwa einen Meter hoch in die Luft werfen. In genau diesem Moment muss er „Schrift!" oder „Bild!" rufen. Ruft er z.B. „Bild!", darf er alle Fußballkarten, die mit dem Bild nach oben gelandet sind, behalten. Natürlich können auch alle mit der beschriebenen Seite, die wichtige Informationen über die Spieler enthält, nach oben gelandet sein. Das ist dann eben Pech! Danach ist dann der dran, dessen Karte am zweitnächsten an der Hauswand gelandet war usw.

Übrigens: Bevor der Erste hochwirft, kann man noch „Letzter schrappt!" vereinbaren. Das bedeutet, dass der schlechteste Latzer dieser Runde alle Karten behalten darf, die vorher nicht auf der für den Hochwerfer richtigen Seite gelandet sind.

An einem Dienstagnachmittag sind wir von der Singstraße mal wieder beim Latzen, als der ullige Horst von der Schlossstraße sich dazu stellt. Erst guckt er nur zu, zieht dann aber einen Stapel Fußballbilder aus der Tasche und sieht sich alle noch einmal an, als wenn er sie nicht längst ganz genau kennen würde. Nachdem wir mit Seitenblicken interessante Bilder unter Horsts Karten entdeckt haben, tauschen wir kurz Blicke aus und nicken uns kaum wahrnehmbar zu.

„Horst, willst du nicht mitlatzen?" fragt Günter ihn unvermittelt. Horst wird rot, willigt aber sofort ein und stellt sich an die Linie. Wir latzen los, der ullige Horst als Neuankömmling als Letzter. Und, man glaubt es kaum, sein Fußballbild landet als Steher, steiler geht es kaum, an der Hauswand. Horst ist sichtlich stolz, nimmt die gelatzten Karten auf, wirft sie in die Höhe und ruft: „Bild!"

Alle Karten landen mit dem Bild nach oben! Horst kann sein Glück kaum fassen und will sich gerade bücken, um die Karten einzusammeln. Da ruft Helmut plötzlich: „Japanischer Wind!"

Alle sehen ihn fragend an, vor allem der ullige Horst. Helmut erklärt ihm, dass das Hochwerfen des Latzers nicht gelte, wenn „Japanischer Wind" herrsche. Und der habe eben leider geherrscht, als Horst die Bilder hochwarf. Ohne groß zu widersprechen, beugt sich Horst der Regel. Er wirft erneut, ruft „Bild!", und alle Karten landen mit der Schrift nach oben. Diesmal herrschte leider kein „Japanischer Wind".

Knapp eine Stunde später ist der ullige Horst all seine Bilder los, sagt knapp „Tschüss!" und zieht Richtung Schloßstraße.
Na ja, fürs Wetter können wir schließlich auch nichts.

Buden bauen (1962)

Das Spannendste bei unseren Freizeitbeschäftigungen ist das Buden bauen! Aus altem Holz, Eisenstangen, Steinen, Dachpappe-Resten und Wolldecken an einem geheimen Ort, der schwer einsehbar und zugänglich ist, einen Treffpunkt für die eigene Bande zu bauen, unbeobachtet darin zu hocken, die wertvollen Schätze in geheimen Verstecken zu verbergen, heimlich zu rauchen und sich die unglaublichsten Geschichten zu erzählen, ist so ziemlich das Aufregendste, das man unternehmen kann.
Ein Winkel mit Lebensmitteln gehört natürlich auch in eine Bude: Kartoffeln, Brot, Butter, Tütensuppe, ein Glas Würstchen, zwei Flaschen Limo und ein kleiner Kanister mit Kraneberger sollten da schon drin sein. Und Streichhölzer! Ohne Streichhölzer kein Feuer vor der Bude. Ohne Feuer keine heiße Suppe.
Die am wenigsten spannende Bude gibt es hin und wieder bei uns auf dem Hof, und zwar in dem Hauswinkel unterhalb des Klofensters und unter dem Küchenfenster, unter dem sich auch noch ein kleiner Schacht für das Fenster zur Waschküche im Keller befindet. Mit Hilfe dieses Schachtes kann man sich eine Bude mit Keller oder Lagerraum bauen und hat sogar einen geheimen Zugang durch die Waschküche. Diese Bude war zwar immer schnell gebaut, aber sie steht zu sehr unter der Kontrolle der Erwachsenen. Viel anstellen kann man da nicht. Man kann sie auch nicht lange geheim halten, vor allem, weil wir Gott und der Welt davon erzählen.
So konnte es auch schon geschehen, dass uns die Brückelstraßen-Bande unter der Führung von Günther mit „h" von der Mauer zwischen den Häusern unter Steinchenbeschuss nahm. Jürgen drohte sogar einmal damit, von der Mauer zwischen Passmanns und unserem Hof mit brennenden Pfeilen auf uns und unsere Bude zu schießen. Zum Äußersten ist es dann aber nicht gekommen.

Deutlich aufregender ist es aber immer, wenn wir uns eine Bude auf dem Brachland an der Bahnhofstraße, zu dem wir über eine Zufahrt zu einem Garagenhof von der Herkenberger Straße aus gelangen, bauen. Dort stand früher eine Halle der Tiglerschen Maschinenfabrik, die in den 1950er Jahren abgerissen wurde. Hier finden wir beim Schrott sammeln immer noch das eine oder andere, aber hauptsächlich ist es ein idealer Ort zum Buden bauen. Nach dem Abriss der Halle sind hier kleine Bäume gewachsen und hohes Gebüsch, wie zum Beispiel die Große Klette und die Heckenrose.

Alles, was man für eine Bude braucht, ist hier zu finden, und wenn man sie geschickt ins Brachland einpasst, bleibt sie manchmal tagelang vor den feindlichen Banden der umliegenden Straßen verborgen. Oft treffen wir uns hier zu einer vierten Mahlzeit. Obwohl wir gerade vom Frühstück oder vom Mittagessen kommen, gibt es bald eine leckere Tütensuppe, Wiener Würstchen aus dem Glas oder ein Brot mit Ölsardinen. Manchmal, meist am späten Nachmittag, zünden wir ein Feuerchen an und legen Kartoffeln hinein. Wenn sie gar sind, holen wir sie – oft zu früh – aus dem Feuer heraus und pellen die verbrannte Schale ab. Das geht oft nicht, ohne sich kräftig die Finger zu verbrennen.

Wenn wir satt sind und keine Feinde kommen, um uns unsere Bude streitig zu machen, käbbeln wir untereinander und beschmeißen uns mit den Früchten der Großen Klette, die an unseren Pullovern kleben bleiben. Wer fünf Kletten am Pullover hat, ist tot. Gern landen die Kletten auch in den Haaren, und man hat seine liebe Not. Oder wir öffnen die Früchte der Heckenrose und lassen das Pülverchen der Hagebutten in die Kragen unserer Bandenfreunde rieseln.

Und dann kann es passieren, dass man am nächsten Tag zu seiner Bude kommt und vor den Trümmern seines Treffpunkts steht. „Wieder die aus dem Viertel Walz-, Quadt- und Mylendonkstraße", sind wir uns sicher und schwören Rache!

Die verrückteste Budenidee haben wir, als wir beschließen, fernab unseres „Jagdreviers", auf dem Brachland zwischen der Gießerei und dem Ingenhammshof, also nördlich der Emscherstraße, einen geeigneten Platz für eine geheime Bude zu suchen. So weit von zu Hause entfernt und ohne Ahnung, mit welchen Banden wir es zu tun bekommen!

Wir werden fündig. Wir biegen mit unseren Rädern vor dem Bahnübergang rechts von der Emscherstraße in einen schmalen Feldweg ein, von dem bald nach rechts ein weiterer, noch schmalerer Feldweg nach rechts abzweigt und uns in eine kleine mit Bäumen und Sträuchern bewachsene Kulle (wie wir zu ‚Kuhle' sagen) führt. „Wahnsinn!" bricht es aus uns heraus. „Perfekt!" Wir stellen die Räder ab, sondieren das Gelände und stellen übereinstimmend fest, dass alles, was man zum Budenbau braucht, vorhanden ist. Wir beschließen, morgen wieder hierher zu fahren, ein paar Kleinigkeiten von zu Hause mitzunehmen und mit dem Bau zu beginnen.
Nach drei Tagen ist die Bude fertig, und wir hocken zum ersten Mal gemeinsam in unserem neuen Unterschlupf. Der beste Augenblick, eine Pfeife zu rauchen. Dazu haben wir, in weiser Vorausahnung, die Tonpfeifen mitgebracht, die im letzten November in unseren Stutenkerlen steckten und die wir natürlich aufbewahrt haben. Ich bin nach der Schule – mein Vater war auf einer Baustelle und meine Mutter hatte in der Küche zu tun – in unser Büro geschlichen und habe aus der hölzernen Handelsgold-Kiste, in der mein Vater die Zigarren zum Anbieten aufbewahrt, zwei Zigarren gemopst. Gott sei Dank waren noch viele Zigarren in der Kiste, so dass zwei fehlende nicht auffallen. Wir zerbröseln die Zigarren auf ein Holzbrett, das wir in der Nähe gefunden haben, und stopfen unsere Tonpfeifen. Wir genießen unsere Bude und fahren am späten Nachmittag gut gelaunt mit unseren Rädern nach Hause.
Wir staunen ein wenig, dass unsere Bude auch nach drei Tagen immer noch unberührt und scheinbar unentdeckt ist. Wir haben gerade beschlossen, unsere Bude durch weitere Zweige mit viel Laub vor fremden Augen zu schützen und wollen gerade hinauskrabbeln, als wir Mopedgeräusche hören, die näher kommen. Wir sind mucksmäuschenstill und rühren uns nicht. Die Motorengeräusche werden immer lauter, es müssen mindestens zwei, eher drei Mopeds sein. Es kommt uns vor, als drehen sie draußen Runden um unsere Bude. Schließlich scheinen sie still zu stehen. Die Zweitakter tuckern und werden durch gelegentliches Gasgeben am Laufen gehalten.
„Hey, kommt sofort da raus, und zwar alle drei!" Dass wir zu dritt sind, haben sie natürlich an unseren drei Rädern erkannt, die nicht weit von der Bude im Gebüsch stehen. Wir gucken uns fragend an, sehen aber keine andere Chance, als rauszukrabbeln und uns zu erkennen zu

geben. Einer der drei Mopedfahrer hat seine Herkules an einen Baum gelehnt und steht breitbeinig unmittelbar am Budeneingang. Die anderen beiden sitzen auf ihren Mopeds, der eine auf einer blauen Zündapp, der andere auf einer roten Kreidler.

„Wo kommt ihr her? Was macht ihr hier?" und „Was fällt euch ein, in unserem Gebiet eine Bude zu bauen?" bombardieren sie uns gleich mit Fragen. Wir erkennen sofort, dass wir gegen diese drei Halbstarken, die ja mindestens 16 sein müssen, keine Chance haben und sind vorsichtig. Die drei hören sich unsere Antworten an. Dann sagt der Herkulesfahrer, der wohl der Anführer der drei ist: „Ihr schnappt euch jetzt sofort eure Räder und verschwindet, aber zackig!" Ob wir denn noch ein paar Sachen, die uns gehören, aus der Bude holen dürfen, wollen wir wissen. „Habt ihr nicht verstanden? Ihr sollt verschwinden, sonst gibt's gleich noch Ohrlaschen!" mischt sich jetzt der auf der Kreidler noch ein.

Wir nehmen unsere Räder und fahren Richtung Heimat. Als wir uns an der Ecke Lösorter - und Bronkhorststraße weit genug vom Schuss glauben, bleiben wir stehen. Wir sind geschockt. Wir sind sprachlos. „Diese Idioten", findet Helmut als Erster wieder Worte, „sie hätten uns wenigstens unser Zeug mitnehmen lassen können." „War auch irgendwie blöd von uns, da eine Bude zu bauen", sagt Erwin selbstkritisch. „Ja, zu weit weg von zu Hause", pflichte ich ihm bei, „man hatte ja keine Ahnung, was für Typen einem da begegnen."

Na ja, die nächsten Tonpfeifen gibt's im November, und die Bude bei uns auf dem Hof ist jetzt auch nicht sooo schlecht.

Anti-autoritäre Bewegung im Meidericher Stadtpark (1962)

„Sollen wir mal wieder in den Stadtpark gehen?" fragt Helmut in die Runde der 12- bis 15-Jährigen, die alle in den Straßen hinter dem Meidericher Bahnhof wohnen. „Gute Idee!" meint Günter. „Wir nehmen Badezeug und Erwins Lederball mit. Sagen wir in 15 Minuten an den Bänken auf der Herkenberger Straße?" – „Was ist, wenn uns die Stadtparkbande auflauert?" wird Erwin ein eigenartiges Gefühl in der Magengegend noch los. Aber da hat sich die Gruppe schon aufgelöst und ist auf dem Weg nach Hause, um Badezeug zu holen.
Gegen 11.00 Uhr ist eine Schar von 6 Jungen und zwei Mädchen auf der Bahnhofstraße Richtung Stadtpark unterwegs. Am Zugang gegenüber der Paul-Bäumer-Straße bleiben sie noch einmal kurz stehen. Direkt unter dem großen Schild, das darauf hinweist, dass hier eigentlich alles verboten ist:
„Rasen betreten verboten, Radfahren verboten, Ball spielen verboten …" ‚Park betreten verboten' denke ich noch. Andererseits, wenn man bedenkt, dass der Park bis vor einigen Jahren noch eingezäunt war und abends abgeschlossen wurde …
 Wir prüfen noch kurz, ob wir die Stadtparkbande irgendwo sehen. Keine Spur von ihr! Wir gehen in Richtung Freibad, wie wir das große Planschbecken jenseits der „Kulle" nennen.

Das „Freibad" im Meidericher Stadtpark
(Quelle: Meidericher Bürgerverein)

Plötzlich, auf der anderen Seite des Wiesen-Rondells, das sich vor dem Denkmal Paul Bäumers erstreckt, sehen wir ihn, den Parkwächter: Schwarze Hose, blaue Uniformjacke mit goldenen Knöpfen, erstaunlicherweise diesmal ohne Fahrrad (Jetzt hält auch er sich mal an die Regel!), aber mit der dicken Lederleine in der rechten Hand, an deren Ende ein kräftiger Deutscher Schäferhund die Ohren spitzt und entschlossen in unsere Richtung blickt.

In diesem Moment denken wir alle das Gleiche: ‚Was macht mehr Spaß als Planschen im Freibad oder Fußball spielen in der Kulle? Natürlich: den Parkwächter ärgern!'

Wie das geht? Nun, ganz einfach! Einen halben Fuß auf den „Rasen betreten verboten" - Rasen setzen und schon hat man ihn auf dem Plan.

Wir beschließen, uns in zwei Gruppen aufzuteilen. Die eine verschwindet nach links, die andere nach rechts. Plötzlich stehen Helmut, Erwin (den Lederball unter dem linken Arm), Karin und ich auf dem „Rasen betreten verboten" - Rasen und fangen ein „Ballspielen verboten" - Ballspiel an.

Der Parkwächter dreht sich auf dem Absatz und schreitet strammen Schrittes, wild gestikulierend, alle Verbote dieser Erde ausrufend und nicht zuletzt wild kläffenden Hundes auf uns zu.

In diesem Moment stellen wir das „Ballspielen verboten" - Ballspiel ein und deuten mit sieben Armen (Erwin hielt ja links wieder den Ball.) und acht Zeigefingern auf den gegenüberliegenden „Rasen betreten verboten" - Rasen.

Dort hat die andere Gruppe diesen längst zum Zwecke eines „Wildes Fangenspielen verboten" - Fangenspiels betreten. Nicht immer gelingt es den Fangenden rechtzeitig vor den mit wunderschönen Blumen bepflanzten Rabatten zu stoppen.

Der Parkwächter wendet sich nun abrupt, noch strammeren Schrittes, wilder gestikulierend, laut abwechselnd „Eltern!" und „Polizei!" schreiend und immer aggressiver kläffenden Hundes der anderen Gruppe zu.

Wir treiben dieses Wechselspiel auf die Spitze, bis sich die dicke Lederleine, an deren Ende der scheinbar wahnsinnig gewordene Hund Pirouetten dreht, mehrfach um die Beine des Parkwächters gewickelt hat, so dass der übel zu Fall kommt.

Die ganze Autorität des Meidericher Stadtparks mitsamt der blauen

Uniformjacke mit den goldenen Knöpfen liegt auf dem staubigen Stadtparkweg danieder.

Wir verschwinden rechts und links von der Kulle Richtung Bahngelände, wo wir wieder zusammenfinden, unsere mitgebrachten Decken ausbreiten und uns bald in die Fluten des Planschbeckens stürzen. Nicht ohne gelegentlich einen Seitenblick in Richtung Paul Bäumers Denkmal zu riskieren, wo die Autorität im Stadtpark langsam wieder Form annimmt.

Gut gelaunt und erfüllt von dem ereignisreichen Tag treten wir am späten Nachmittag den Heimweg an. Wir sind bereits in Höhe der Baustelle „Berliner Brücke", für die ein Teil des Stadtparks aufgegeben werden musste und die jetzt den Park von der Platzanlage des Meidericher Tennisclubs trennt, und wollen den Park gerade wieder verlassen, als die wohl 12-köpfige Stadtparkbande aus dem Gebüsch tritt!

Woher wir kämen, wie wir hießen, was wir hier wollten und ob wir nicht wüssten, dass der Stadtpark ihr Territorium sei. Und wenn wir Zigaretten dabei hätten, seien sie sofort abzuliefern!

Wir wollen uns gerade dumm, ahnungs- und zigarettenbesitzlos stellen, als die drei Ältesten von uns sich schon saftige Ohrfeigen eingehandelt haben. Unter dem Versprechen, uns hier nie wieder blicken zu lassen, dürfen wir gnädig unseren Heimweg fortsetzen, heimlich auf Rache sinnend.

Lange schweigend und drei rote Wangen reibend erreichen wir bald Heimatgelände hinter dem „Tunell" – wie der Meidericher sagt – am Meidericher Bahnhof.

Bevor wir in unsere Häuser verschwinden, meint Erwin noch, er habe bei der Begegnung mit der Stadtparkbande hinter einem Busch den grinsenden Parkwächter erkannt.

Spielen und Lernen vor der Haustüre (1962)

Eigentlich braucht man nur unser Viertel nördlich der Bahnlinie Ruhrort-Meiderich-Oberhausen, das von der Augusta-, der Brückel-, der Sing- und der Bahnhofstraße eingegrenzt wird, um jeden Tag in den Ferien etwas anderes Spannendes unternehmen zu können.

Das geht schon los, wenn Manfred, Günter und ich morgens mit unseren braunen Handelsgold-Zigarrenkisten voller Wiking-Autos unter dem Arm aus unseren Haustüren kommen und wir uns immer neue Spielideen ausdenken. Manfred nimmt gerne den schwarzen Mercedes 300 zur Hand und ist Herrenfahrer für einen reichen Fabrikbesitzer. Ein solcher Chauffeur ist nämlich sein Vater, der manchmal mit dem schwarzen Mercedes in der Singstraße parkt, weil Manfreds Mutter ihm für die Mittagspause etwas Leckeres gekocht hat.

Vor ihm auf dem Parkstreifen parkt oft das neueste Modell des Volkswagens, immer in schwarz, mit Weißwandreifen und viel Chrom. „Der gehört dem Kavalier von Frau Schlossmacher", weiß meine Oma. Der alte, flaschengrüne Buckeltaunus vor ihm sieht dagegen eher traurig aus.

Meine Schwester kam bis vor einigen Jahren auch mit ihrer Handelsgold-Kiste auf die Straße. In ihr befanden sich Glanzbilder mit und ohne Glitter, die sie mit Helga und Christel tauschen will oder mit deren Hilfe sich die Mädchen im Spiel in das Reich der Märchen und Feen verzaubern oder Engeln gleich sein wollten.

Wenn ihnen langweilig wurde, malten sie sich mit Kreide einen Hinkelkasten auf den Bürgersteig oder sprangen in ein Seil, das von zweien gedreht wurde oder spielten geschickt mit zwei und drei Bällen Wurfspiele an die Hauswände. Oft guckten wir Jungens neugierig hinüber. Nur selten trauten wir uns in die Hinkelkästen oder ins Seil, niemals an die Ballwurfspiele.

Wir lassen mitten auf der Straße Drachen steigen, spielen Federball oder Rollhockey, fahren Rollschuh oder spielen „Schiffer, wie hoch ist das Wasser?", „Stand anne Wand", „Pottfangen" oder Verstecken. „Eins, zwei, drei vier, Eckstein, alles muss versteckt sein, hinter mir, da gilt es nicht, eins, zwei drei, ich komme!" Gern ströpen wir auch über das Trümmergrundstück; das sich bis zum Konsum hinzieht.

Oft gehen wir, mit einem Fußball unter dem Arm, vorbei an dem alten Häuschen der Familie Wiese und der Schlosserei Kempelmann, wo

Onkel Albert früher mal gearbeitet hat, Richtung Herkenberger Straße, um auf der kleinen Grünanlage entlang des Bahndamms entweder ‚auf Asche auf die Bänke' oder ‚auf Wiese' Fußball zu spielen.
Gegenüber, auf der anderen Seite der Herkenberger Straße stehen drei grau verputzte Mehrfamilienhäuser, auf deren Fassaden zahlreiche Spuren von Granateinschüssen zu sehen sind. Zwischen dem letzten dieser drei Häuser und der Zufahrt, die zur Autolackiererei Saemann und einem Garagenhof führt, gibt es einen kleinen, finsteren, abgeteilten Winkel, in dem die Aschentonnen für die Familien stehen, die in den Grauputz-Häusern wohnen. Es bleibt aber genug Platz, um hier abgeschirmt seine Sonntagsgeld-Groschen zu verlatzen.
Auf der anderen Seite der Garagenhofzufahrt hat sich ein kleiner Malerbetrieb niedergelassen, bevor sich dann nach rechts, bis hin zur Bahnhofstraße, das große Brachgelände ausbreitet. Das ist nicht nur wunderbar zum Buden bauen und Schrott sammeln geeignet, sondern auch ein klasse Gelände, um Cowboy und Indianer zu spielen.
Links vor der Zufahrt zur Autolackiererei und zum Garagenhof ist noch ein abgezäuntes Gelände, wo in zwei blau gestrichenen alten Wohnwagen Karl und Ernst mit ihren Eltern wohnen. Ihnen gehört ein ebenso blau gestrichener VW-Bus, mit dem der Vater tagsüber durch die Region fährt und die Reparatur von Regenschirmen anbietet. Manchmal, z.B. in den Ferien, müssen Karl oder Ernst, selten beide, ihren Vater bei den Fahrten begleiten. Nachmittags sitzt er dann an seinem Arbeitstisch und repariert die Schirme, während Karl dann gerne zu uns kommt, um „auf die Bänke" mit Fußball zu spielen und Ernst mit seinem Fahrrad nach Meiderich 06 zum Boxtraining fährt.
Und immer wieder begegnet uns mitten in unserem Spielparadies die schreckliche (so viel wissen wir inzwischen.) Zeit des 2. Weltkrieges: Die Schutzraumhinweise neben manchen Haustüren, Trümmergrundstücke und Brachland, Granateinschüsse in Häuserwänden bis hin zu der Aufschrift „Räder müssen rollen für den Sieg", wie sie immer noch an einem alten, verwitterten Holztor an der Herkenberger Straße zu lesen ist. Auf die meisten unserer Fragen, die sich darauf beziehen, bekommen wir zuhause Antworten.
Ach, übrigens, „auf Bänke" habe ich auch von Dieter, der auf der Augustastraße wohnt, Skat spielen gelernt.

Fußball ist unser Leben (1963)

Im Frühjahr 1963 beginnen die entscheidenden Spiele für den Meidericher Spielverein in der Oberliga West. Der MSV hat sich um einen Platz im 16er Feld der Deutschen Fußball-Bundesliga beworben, die mit Beginn der Spielzeit 1963/64 starten soll.
Ein vierter Tabellenplatz in der Oberliga West wäre ein gutes Argument. Die Heimspiele finden auf der Sportplatzanlage an der Westender Straße in Meiderich statt.
Längst kann mein Vater mich nicht mehr auf seine Dauerkarte einfach so mit hineinnehmen, wie er es früher, als ich fünf oder sechs Jahre alt war, getan hat. Ich muss mir am Kassenhäuschen, in dem manchmal Hermann Leppgen sitzt, eine Stehplatzkarte für Kinder kaufen.
Mein Vater und ich gehen noch gemeinsam an dem Aschenplatz vorbei, auf dem vor dem eigentlichen Spiel meist die Reservemannschaften beider Vereine gegeneinander spielen. Gewinnt die Reserve, wird das als gutes Omen für das Hauptspiel gewertet. Gleich hinter dem Platz ist die Umkleidekabine für die Spieler. Mein Vater geht dann links weiter, an der Mauer zum Schrebergarten entlang, während ich noch an der Umkleidekabine stehen bleiben, um den Spielern, die einer nach dem anderen aus der Kabine kommen, zu applaudieren.
Günter Preuß ist oft einer der ersten, dann kommen Nolden, Krämer, Danzberg, Versteeg und wie sie alle heißen.
Dann gehe ich nach rechts zu den Stehrängen und suche mir meinen Platz, meist unten an der Mauer zur Laufbahn.
Heute ist ein sehr wichtiges Spiel: Gewinnt der MSV gegen Hamborn 07, können die „Zebras" auf Platz 4 vorrücken, und die Aufnahme in die Fußball-Bundesliga ist so gut wie perfekt.
15.000 Zuschauer sind gekommen um mitzuerleben, wie Dieter „Pitter" Danzberg in der 90. Spielminute im Strafraum der Freistoß von Werner „Eia" Krämer vor die Füße fällt und er zum 2:1 verwandelt. Einen Tag später, am 06. Mai erreicht den MSV ein Telegramm des Deutschen Fußballbundes, dass er in die Deutsche Fußball-Bundesliga aufgenommen wird. Wir Meidericher Jungens von der Singstraße sind jetzt fast jeden Tag am MSV-Trainingsgelände, um unsere Helden aus der Nähe zu sehen. Aber nicht nur das. In Schnellheftern sammeln wir fleißig ausgeschnittene Zeitungsartikel und -fotos unseres Vereins und bitten die Fußballstars um Unterschriften auf ihre Fotos.

Die Bundesligamannschaft des MSV 1963
Vierter von links: Werner ‚Eia' Krämer (Foto: MSV Duisburg)

Wenn wir sie vor oder nach dem Training nicht erwischen: Nicht schlimm! Fast alle Spieler wohnen in Meiderich, und wir wissen wo! Wenn uns also ein Autogramm fehlt, gehen wir, meist Karl, Ernst, Günter, Helmut und ich, los, klingeln an und bitten um Unterschriften. Für Sonntag, den 25. August verabreden wir uns für mittags um halb zwei bei mir vor der Tür. Der MSV hat tags zuvor, in seinem ersten Bundesligaspiel vor 40.000 Zuschauern 4:1 in Karlsruhe gewonnen und ist erster Tabellenführer der neu gegründeten Bundesliga! Wir sind mächtig stolz auf unseren Verein.

Alle sind pünktlich um halb zwei da. Wir zeigen uns noch einmal kurz unsere Schnellhefter. Bilder von gestern haben wir natürlich noch nicht, sonntags gibt's ja keine Tageszeitung. Wir gehen zu Werner „Eia" Krämers Wohnung und klingeln an. Einigen von uns fehlen noch Unterschriften von Eia Krämer, und gestern hat er schließlich zwei Tore geschossen.

Wir sind fast erschreckt, als er auf einmal persönlich in der Tür steht: „Was wollt ihr?" – „Herr Krämer, können wir bitte ein paar Autogramme von Ihnen haben?" fragen wir artig. „Da kommt ihr sonntags zur Essenszeit? Habt ihr denn Kulis parat?" fragt er. Sofort zücken wir unsere Stifte. „Bück dich mal!" fordert Eia Krämer mich auf, legt einen Schnellhefter nach dem anderen auf meinen Rücken und unterschreibt auf den Fotos, die wir ihm zeigen. „Danke!" rufen wir im Chor und verlassen stolz den Hausflur. Vor der Haustüre zeigen wir uns noch einmal aufgeregt unsere „Beute".

Am Tag darauf treffen wir uns um 9.00 Uhr, um „auf die Bänke" zu spielen. Wir haben noch Sommerferien bis zum vierten September. Die kleine Grünanlage auf der Herkenberger Straße zwischen Bürgersteig und Bahndamm habe ich ja schon erwähnt. Sie besteht aus einer dreieckigen Wiese, die nach rechts von der Singstraße begrenzt wird. In der linken, immer schmaler werdenden Hälfte gibt es einen kleinen halbrunden Ascheplatz, der von vier Sitzbänken umstellt ist. Die beiden äußeren Bänke sind unsere Tore. Wir spielen zwei gegen zwei oder drei gegen drei, wie es gerade auskommt.

Karl bringt heute Morgen einen neuen „Fernsehball" mit. Ein „Fernsehball" ist speziell für die Tatsache erfunden worden, dass jetzt immer mehr Fußballspiele im Fernsehen übertragen werden. Da Fußbälle früher aus rotbraunem Leder hergestellt wurden, waren sie im Schwarz-Weiß Fernsehen kaum zu erkennen. Deshalb wurden schwarz-weiße Bälle eingeführt. Unser Fernsehball ist natürlich aus Kunststoff und hält normalerweise höchstens vier Tage. Entweder er rollt auf die Herkenberger Straße und gerät unter einen LKW oder er ist morgens einfach platt. Manchmal lebt er aber auch nur eine Stunde.

Wir tragen Klöpper oder Turnschuhe, Stutzen, Turnhosen und T-Shirts. Eins unserer beiden Teams ist natürlich der MSV, das andere Schalke, Dortmund, Münster oder Köln. Jeder von uns gibt sich den Namen eines bekannten Spielers der jeweiligen Mannschaft. Wenn unser „kleiner MSV" mit Eia Krämer, Günter Preuß und Pitter Danzberg antreten kann, ist das Spiel eigentlich gelaufen.

Manchmal kommt ein älteres Ehepaar aus einem der Häuser an der Herkenberger Straße und setzt sich auf eine der mittleren Bänke. Es bleibt natürlich nicht aus, dass der Ball gelegentlich gegen ihre Beine oder – im schlimmsten Fall – gegen ihren Kopf fliegt. Wir entschuldigen uns. Dennoch schimpfen die beiden wie die Rohrspatzen! Das sei schließlich eine Grünanlage und kein Fußballplatz und sie würden die Polizei holen! Dann verlassen sie meist die Anlage. Die Polizei ist noch nie gekommen. Nur manchmal, wenn zufällig ein Peterwagen durch die Herkenberger Straße fährt, bleiben die Beamten am Straßenrand stehen, kurbeln das Fenster runter und rufen: „Jungens, das ist kein Fußballplatz!" Dann machen wir betretene Gesichter und einer von uns nimmt den Ball unter seinen Arm. Wir alle, die Fußballspieler und

die Polizisten wissen, dass das Spiel weitergeht, wenn der Peterwagen in die Bahnhofstraße verschwindet.
Wir fummeln, passen, dribbeln und schießen bis zum Umfallen. Dann ist es meistens ein Uhr, und wir müssen zum Essen nach Hause. „Bis gleich!" rufen wir uns zu. „Gleich" ist um halb zwei!

Auf dem Platz (1963)

Wenn mein Vater „Ich fahr zum Platz" sagt, weiß jeder in der Familie, wohin es geht: in die Sommerstraße 88. Dort, an der Ecke zur Gabelsberger Straße, befindet sich der Lager- und Bauplatz unserer Zimmerei. Da stehen die Bude für das Werkzeug und die für die Frühstücks- und Mittagspause, die nach rechts noch einen kleinen Büro-Arbeitsplatz hat. Auf dem Platz lagert das Holz für die nächsten Dachstühle, und quer, zwischen Mauer und Zufahrt, liegt, fast die ganze Breite des Bauplatzes beanspruchend, die große Eisenwanne mit der Flüssigkeit zum Imprägnieren der Pfetten, Sparren, Firstlaschen und was sonst noch zu einem Dachstuhl gehört.
Rechts, an der Mauer zur Sommerstraße, ist – geschützt durch ein Dach – die große Kreissäge untergebracht und ganz hinten, an der Mauer zur Gabelsberger Straße, vor dem Bereich, den die Schreinerei Krätzig & Kinzel angemietet hat, liegen die Bretter für die Traufschalung.
Ich liebe diesen Platz! Vor allem an den Tagen, wo es nach frischem Holz riecht und ich das Singen der Sägen einsauge, wenn unsere Zimmerleute die Binder für den nächsten Dachstuhl vorbereiten. Ich liebe es, auf dem dicken weichen Teppich aus Sägespänen zu gehen oder an der Imprägnierwanne zu stehen, mit großem Respekt vor der „giftigen Brühe", vor der Onkel Otto mich immer warnt.
Jetzt, wo ich 13 fast 14 Jahre alt bin, traut mein Vater mir auch schon körperliche Arbeit zu. Für meinen Freund Günter und mich bedeutet das die Gelegenheit, unser Taschengeld, das meistens den Tag nicht überlebt und spätestens am Nachmittag an irgendeiner Bude unsere Taschen verlässt, aufzubessern.

„Am besten, ihr stapelt die Traufschalung mal wieder ordentlich auf!" antwortet mein Vater meistens auf die Frage, ob wir uns nicht ein bisschen Geld verdienen können. Ich bin nicht sicher, ob es wirklich sinnvoll oder notwendig ist, die Traufschalung zu stapeln oder ob mein Vater uns einfach nur eine Arbeit geben möchte.
Jedenfalls machen wir uns an einem sonnigen Sommerferientag im Juli an die Arbeit. Wir haben 50 Pfennig Stundenlohn ausgehandelt.
Wenn wir sechs Stunden arbeiten, sind das drei Mark! Das ist verdammt viel Geld! Davon könnte man eine Kinokarte fürs Palast-Kino Auf dem Damm kaufen und vorher noch in der Pommesbude links daneben kickern, denn diese Pommesbude hat den besten Kicker in ganz Meiderich! Es reichte auch noch für eine kleine Tüte Pommes mit Mayo für 40 Pfennig, eine Cola und einmal „Needles and Pins" von den „Searchers" aus der Musikbox.
Unser Arbeitstag beginnt aufgrund einer Sonderregelung mit dem Firmenchef um 9.00 Uhr. Mein Vater ist auch auf dem Platz, geht mit uns nach hinten, wo die Schalung liegt, und erklärt uns genau, wie er es gern hätte. „Wichtig", sagt mein Vater, „ist der Anfang, sonst rutscht euch alles wieder durcheinander!"
Nachdem wir bis 10.00 Uhr drei Mal neu angefangen haben, klappt es nun endlich, und als Onkel Gottfried, der zweite Polier neben Onkel Otto, um 12.00 Uhr „Mittag!" ruft, sind wir recht zufrieden.
Wir dürfen mit in der Pausenbude sitzen und packen unsere „Dubbels" aus. Wir sind insgesamt zu siebt. Die andere Kolonne mit Onkel Otto ist in Ruhrort, wo ein Teil des Dachstuhls eines Hotels neu errichtet werden muss. Viel geredet wird in der Mittagspause nicht. Nach einem allgemeinen „Mahlzeit!" am Anfang ist es eher ruhig. Die Zimmerleute stecken ihre Köpfe in die Bildzeitung und mümmeln an ihren Broten. Günter und ich essen mit viel Appetit und gucken in der Umgebung herum, bleiben kurz bei den Pin-up Girls hängen und nehmen zur Kenntnis, welche Biersorten man trinken sollte. Klaus, rechts neben mir, liest auch in der Bildzeitung. Auf der Seite, die er gerade aufgeschlagen hat, ist eine halbnackte Frau zu sehen und darunter wird beklagt: „Solche und ähnliche, nicht jugendfreie Fotos veröffentlichen heute manche Illustrierte!"
Um halb eins ruft Onkel Gottfried, der in dem kleinen Büroraum nebenan gesessen hat, „Auf!" und erklärt damit die Mittagspause für beendet.

Die Frühstücks- und Mittagbude „auf dem Platz", an der Sommerstraße

Wir zwei gehen wieder zu unserem Arbeitsplatz bei der Schalung und sind nach weiteren drei Stunden mit unserer Arbeit zufrieden, als gerade mein Vater seinen grün-weißen Opel Rekord auf den Platz lenkt. Auch er ist zufrieden und zählt mit einem „Gut gemacht, Jungs!" jedem von uns drei Mark auf die Hand.
Wir machen uns auf den Weg Richtung Bahnhof und zur Singstraße und überlegen, was wir mit dem plötzlichen Reichtum anfangen sollen. Wir kommen zu der Überzeugung, dass Kickern, Pommes, Cola und Kino die besten Ideen sind. Wir haben auch schon eine Filmidee: Am liebsten würden wir in „Die Verachtung" mit Brigitte Bardot gehen. Der ist aber ab 16, das gibt wieder Probleme an der Kasse. Wir entscheiden uns dann doch für „Old Shatterhand" mit Lex Barker, der am Samstag im Palast-Kino läuft. Das erleichtert auch die Erklärungen zuhause.
Am Büdchen Ecke Von-der-Mark-Straße/Wittkampstraße leisten wir uns noch jeder ein Tütchen Prickel-Pit-Brause mit Zitronengeschmack. Schließlich haben wir den ganzen Tag geschuftet!

‚Ein Stäbchen im Gesäß' (1963)

Jürgen wird heute 16. Er ist der älteste von uns. Hermann ist 15, Helmut und ich sind 14, Günter 13 und Erwin 12. Das ist der harte Kern. „Morgen", hatte Jürgen gestern zu mir gesagt, „morgen gehen wir ein Bier trinken! Zieh dir was an, womit du älter aussiehst!" Warum er gerade mich zum Biertrinken ausgesucht hat und wo er glaubt, dass ich als Vierzehnjähriger Bier bekomme, ist mir ein Rätsel.
Meine Mutter wundert sich, dass ich heute, immerhin sind 25 Grad angesagt, meine Nietenhose und das rote Polohemd anziehen will, wo ich doch immer gern in kurzen Hosen unterwegs bin. „Was habt ihr vor?" – „Weiß noch nicht. Nichts Besonderes", schwindele ich.
„Wir gehen in die Kneipe ‚Zum Goldenen Pflug'", sagt Jürgen, „der Wirt gibt dir auf jeden Fall Bier." Als wir die Brückelstraße hinunter gehen und gerade auf Höhe von Metzger Knübel sind, bemerkt Jürgen: „Sieht gut aus, was du anhast. Du siehst aus wie 16." Ich bin ein bisschen stolz und gehe – noch etwas lässiger – weiter.
Im „Goldenen Pflug" sitzen zwei Männer an der Theke und ein älteres Ehepaar an einem der Tische. Wir stellen uns links an die Theke. „Zwei Pils!" bestellt Jürgen selbstbewusst, immer bereit seinen Ausweis aus der Batzentasche zu holen. Schließlich ist er 16.
Es läuft alles problemlos. Der Wirt stellt keine unangenehmen Fragen und ist wohl froh, Bier verkaufen zu können. Wir führen Männergespräche: über Fußball – schließlich spielt der MSV in der neu gegründeten 1. Bundesliga – über Rauchen und Bier trinken im Allgemeinen und über Autos, die wir gut finden und die wir selbst später einmal besitzen möchten. Mein Favorit ist der Ford 17M, aber nicht das aktuelle Modell, die „Badewanne", wie es genannt wird, sondern sein Vorgängermodell, das mit seinen kleinen Heckflossen ein bisschen so aussieht wie ein amerikanischer Straßenkreuzer. Und natürlich über die Mädchen, die in unserer Straße wohnen.
Nach eineinhalb Stunden hat Jürgen zehn Pils auf dem Deckel. „Ich möchte zahlen, Herr Wirt", sagt Jürgen und holt einen 10-Mark-Schein aus der linken Brusttasche. „Macht sechs Mark", sagt der Wirt. „Ach, geben Sie mir noch eine Packung Stuyvesant!" sagt Jürgen. „Gerne, dann sind es sieben … und drei Mark retour", zählt der Wirt Jürgen sein Wechselgeld auf die Theke und legt die 12er Packung Peter Stuyvesant neben sein fast leeres Pilsglas.

Wir verlassen den „Goldenen Pflug" gehen die drei Stufen zur Neumühler Straße hinunter und stehen in den versprochenen 25 Grad auf dem Bürgersteig. Ich schwitze und mir ist ein bisschen schwindelig. Da es Jürgen ähnlich geht, beschließen wir unabgesprochen, jeder einen Arm über die Schulter des Kumpels zu legen. Wir verfallen in einen Gleichschritt und als wir auf der Höhe von „Herz Jesu" sind, lassen wir die staunenden Meidericher durch lauten Gesang wissen: „Dass wir aus Meid'rich sind, hallihallo, dass weiß ein jedes Kind, hallihallo, wir reißen Bäume aus, hallihallo, wo keine sind!"
Bei Behmenburg – die Singstraße ist nah – hören wir auf zu singen und versuchen, gesittet nebeneinander zu gehen. ‚Haben wir wohl den Arsch voll?', beginne ich plötzlich über unseren Zustand nachzudenken. So jedenfalls beschreiben es die Erwachsenen manchmal, wenn jemand betrunken ist. Mein Vater hatte mal am Stammtisch bei Tante Trude – als ich gerade am Spielautomaten war – vorgeschlagen, anstatt „Ich hab den Arsch voll" lieber „Ich hab ein Stück in der Fut" zu sagen. Das höre sich gebildeter an. Tante Hanne brachte dann sogar noch unter großem Gelächter „Ich hab ein Stäbchen im Gesäß" ins Spiel. Das sei noch eleganter.
Vor unserer Haustüre verabschieden wir uns. Jürgen muss noch ein paar Häuser weiter. „Danke, Jürgen, für die Biere!" sage ich und hocke mich noch kurz auf die Stufen. Mir ist schlecht. Hoffentlich merkt niemand etwas.
Schließlich stehe ich auf, krame den Schlüssel aus meiner Nietenhose, öffne zuerst die Haus- und dann die Korridortüre. Es ist ganz leise in der Wohnung. Meine Eltern sind vielleicht nicht da und meine Oma bei den Hortensien.
Vorsichtig öffne ich die Küchentüre. Meine Oma sitzt am Küchentisch und löst ein Kreuzworträtsel. Sie blickt nur kurz auf und stellt wohl nichts Ungewöhnliches fest. Ich setze mich auf meine Spielbank am Fenster. Mir wird immer schlechter. Meine Oma blickt auf: „Dieter, du bist ja ganz blass." „Ja, ich weiß auch nicht, mir ist auch ganz schlecht." In diesem Augenblick springe ich auf und übergebe mich in den Spülstein, der Gott sei Dank nur etwa 1,50 Meter entfernt ist.
Meine Oma springt auf. „Wie oft habe ich dir gesagt, du sollst dich nicht immer so lange auf die kalten Steine setzen?" Kopfschüttelnd legt sie einen Arm um meine Schulter und führt mich ins Wohnzimmer, wo ich mich aufs Sofa lege. Vorsichtshalber stellt meine Oma

noch einen Eimer neben mich. Als sie rausgeht, höre ich noch, wie sich der Schlüssel in der Korridortüre dreht. Es ist wohl meine Mutter. „Dieter ist krank", höre ich meine Oma sagen, „hat wieder so lange auf den kalten Steinen gesessen." „Aber, Mutter", höre ich meine Mutter noch sagen, „es ist doch ganz warm draußen." „Lass den Jung jetzt mal schlafen!" entgegnet meine Oma, was ich in diesem Augenblick auch schon tue.

Meidericher Feuerzangenbowle (1964)

Neulich lief der Film „Die Feuerzangenbowle" mit Heinz Rühmann im Fernsehen. Meine ganze Familie hatte ihren Spaß. Immer wieder schlugen sich meine Eltern wegen des Verhaltens der Lehrer und der unglaublichen Streiche der Schüler auf die Schenkel. „Das gibt es doch gar nicht!" rief mein Vater mehrmals aus, wobei ihm die Lachtränen über das Gesicht liefen. ‚Doch, das gibt es', dachte ich.
Wie auf allen Schulen gibt es natürlich auch auf unserem Meidericher Gymnasium höchst eigenartige Lehrertypen, deren Autorität wir Obertertianer zuweilen mit den ungewöhnlichsten Streichen herausfordern. Natürlich erzählen wir zu Hause meist nichts darüber.
Eines Morgens betritt Pater U. den Klassenraum. Es ist Vertretungsunterricht. Der katholische Geistliche, der an unserer Schule Latein und katholische Religion unterrichtet, hat wohl von der Schulleitung den Auftrag bekommen, die Vertretungsstunde dazu zu nutzen, den von der Lehrerkonferenz beschlossenen Aufklärungsunterricht zu beginnen.
Nachdem er sich etwa 20 Minuten mit formalen Dingen wie dem Klassenbuch, der Kontrolle der Anwesenheit und Ähnlichem beschäftigt hat, holt Pater U. plötzlich einen Stapel kleiner DIN A5-Broschüren aus seiner alten, speckigen Ledertasche, legt sie, bis auf eine, die er in die Hand behält, auf das Pult und schaut uns mit hochrotem Kopf an: „Dieses Heftchen, das euch ‚Das Geheimnis des Lebens' erklärt, nehmt ihr mit nach Hause und lest es euch durch! Zeigt es auch euren Eltern!"

Das Kollegium des Max-Planck-Gymnasiums Anfang der 1960er Jahre

Ob wir ihn wegen seines hochroten Kopfes fortan „Puter A." nennen oder ob er schon immer so geheißen hat, weiß ich nicht mehr. Gegen Ende der Stunde ist sein Kopf allerdings nur noch hellrot. Schließlich hat er den Aufklärungsunterricht in unserer Klasse prima gemeistert. Chemielehrer E. steht mit seinem qualmenden Zigarrenstummel im Mund vor dem Pult des Hörsaals. Als wir uns über die schlechte Luft beschweren, verschwindet er kurz in einem Nebenraum, um bald darauf mit einer braunen Flasche, die farblose Flüssigkeit enthält, wieder zu erscheinen. „Alle aufstehen!" befiehlt er. „Jeder riecht jetzt mal kräftig an der Flasche", sagt er dann und beginnt an den Hörsaalbänken vorbeizugehen. Es gibt keine Chance, sich zu drücken. „Wenn ihr die Buttersäure – man nennt sie auch Butansäure – gerochen habt, werdet ihr den Zigarrenqualm im Raum genießen!" sagt Herr E. und kann sich ein Grinsen nicht verkneifen. Die Buttersäure stinkt fürchterlich nach einer Mischung aus Erbrochenem, ranziger Butter und Schweiß. Erst als Rolf sich in die geöffnete Schultasche Hermanns übergibt, hat die Vorführung ein Ende.

Da war uns Chemielehrer A., ein begeisterter Briefmarkensammler, im vorigen Jahr lieber. Bei dem Kommando „Chemiebücher raus!" holten wir unsere vorsorglich mitgebrachten Briefmarkenalben aus unseren

Taschen, und die Stunde war gelaufen.

Während Studiendirektor K. uns beibringt, dass es im Französischen 4 Nasale, nämlich „ong", „ong", „ong" und „ong", gibt und wir es ihm glauben, denn schließlich ist er der stellvertretende Direktor, hat sein Referendar, der häufig ohne Begleitung durch seinen Mentor bei uns unterrichtet, ganz andere Probleme: „Wie heißt du?" fragt er unseren Mitschüler Berger. „Berger!" antwortet dieser wahrheitsgemäß, spricht seinen Namen aber französisch aus. „Aha, also Schäfer", weiß der Referendar natürlich, was das französische „berger" auf Deutsch heißt. „Nein, Berger!" widerspricht unser Mitschüler, spricht den Namen dieses Mal aber korrekt, also deutsch, aus. „Setz dich, Schäfer!" lässt der Referendar sich aber nicht veräppeln und fährt mit der Anwesenheitskontrolle fort.

Für die nächste Französischstunde, von der wir wissen, dass Referendar J. wieder alleine kommen würde, haben wir uns etwas ausgedacht: Unser Klassenschrank, immer völlig leer und ohne Regalböden, steht an der Wand zwischen Tafel und Fensterfront. Klaus hat farblose Angelschnur mitgebracht. Wir nehmen das große Dreieck für den Mathematikunterricht, das hinter der Tafel an der Wand hängt, ab, binden die Angelschnur in einen der Winkel und hängen es in den Klassenschrank. Die Angelschnur, die wir durch den losen Schrankdeckel geführt haben, verläuft hinter den Heizkörpern bis zu meinem Platz. Ich habe das eine Ende mehrfach um meine Hand gewickelt und halte die Schnur so auf Spannung, dass das Dreieck mittig in dem leeren Schrank hängt. Der Schrank ist natürlich abgeschlossen, den Schlüssel verwaltet Udo. Ausgerechnet heute, wo es doch lustig werden könnte, fehlt unser Mitschüler Berger.

Herr J. betritt die Klassen und nach einem „Bonjour, les élèves!" – „Bonjour Monsieur!" beginnt der Unterricht. Nach 5 Minuten ist ein erstes leichtes Klappern zu hören, das sich bis zur Mitte der Stunde bis hin zu einem kräftigen Gepolter steigert. Immer wieder mal lugt Herr J. Richtung Schrank, unternimmt aber nichts. Als dann das Gepolter im Schrank immer lauter und anhaltender wird, platzt unserem Lehrer plötzlich der Kragen: „Cela suffit! Das reicht jetzt!" verfällt er ins Deutsche, geht zwei energische Schritte auf den Schrank zu und schreit: „Schäfer, komm sofort da raus!" Wir können uns kaum halten. Im Schrank ist es mucksmäuschenstill. „Schäfer, du sollst rauskommen!" Nichts passiert. Wutentbrannt nimmt unser Französisch-

referendar das Klassenbuch und trägt ein: „Schäfer versteckt sich im Klassenschrank, stört massiv den Unterricht und weigert sich herauszukommen." Dann knallt er das Klassenbuch aufs Pult und verlässt den Raum.
Nachdem wir uns kurz Luft gemacht haben, wird schnell alles in den Originalzustand versetzt. Kurze Zeit später betreten Herr J. und der Direktor den Klassenraum. Wir stehen auf. „Was war hier los?" fragt der Direktor laut und deutlich. Die vier, die das Ganze geplant und ausgeführt haben, beschreiben das Geschehen und melden sich als Schuldige. Wir müssen den Direktor in sein Büro begleiten. In unserer Gegenwart ruft er unsere Eltern an, erklärt ihnen kurz den Sachverhalt und bestellt sie für den nächsten Tag in die Schule. Wir werden nach Hause geschickt.
In der Vorbesprechung zur Notenkonferenz stellt unser eigentlicher Französischlehrer Herr K. fest, dass der Schüler Schäfer ein „befriedigend" erreicht hat. Die Note für den Schüler Berger fehlt.
Zwei Wochen später haben wir Französisch-Vertretung bei Herrn R. Herr R. ist schon über siebzig und macht nur weiter, weil es so einen großen Lehrermangel gibt. Nach dem „Guten Morgen" beginnt nicht etwa der Französischunterricht, sondern der Vertretungslehrer warnt uns vor bevorstehenden politischen und militärischen Entwicklungen: „Die Chinesen werden kommen und euch fressen mit Haut und Haaren!" Doch damit noch nicht genug: „Der Russe wird uns überrennen! Er will bis zum Rhein!" Dafür hat unser Mitschüler Jochen aber eine Lösung: „Los, Jungs, auf nach Homberg!"
Ich bin, wie es mein ehemaliger Englischlehrer Herr H. einmal ausdrückte, „ein fauler Strick". Doch als uns unser Geografielehrer K. die Hausaufgabe gibt, eine Zeichnung der deutschen Mittelgebirge anzufertigen, bin ich mit Eifer bei der Sache. Stolz zeige ich meiner Familie nachmittags die fertige Hausaufgabe und freue mich auf die Erdkundestunde am nächsten Tag. Und tatsächlich, „Thilo", so lautet der Spitzname unseres Erdkundelehrers, geht durch die Reihen und sieht sich jede Zeichnung genau an. Ich freue mich schon auf das Lob, das ich bekommen werde.
Endlich bin ich bin an der Reihe. Unser Lehrer beugt sich über meine Zeichnung sieht sie sich lange und genau an, hebt seinen Kopf, kneift ein Auge zu und zischt mich an: „Lesemann, ich vermisse den Hegau!" Ich kann es kaum fassen. Kämpfe ich sogar mit einer Träne?

Wo in aller Welt ist der Hegau?
Und dann ist da noch Studienrat H. In der Schülerschaft trägt er wegen seines bulligen Aussehens den Namen „Carnera", in Erinnerung an den kräftigen, ehemaligen Box-Weltmeister aus Italien. Der Mann gilt als unglaublich gebildet und ist Doktor der Naturwissenschaften und der Politik. Als Lehrer ist er leider am falschen Platz. Er ist ungepflegt, schlecht rasiert, trägt Hosen, die seit Jahren keine Reinigung gesehen haben und ein Jackett mit ausgebeulten Taschen, an dem ein Knopf fehlt. Oft trägt er ein Hemd, das aussieht wie das Einpackpapier der Buchhandlung Filthaut: weiß und lila gestreift.
Er unterrichtet uns in evangelischer Religion. Natürlich haben wir keine Lust auf Unterricht und eröffnen dann gern mit einer Frage, in der Hoffnung, dass er sich in einen Monolog verstrickt und wir unseren Geschäften nachgehen können: Schiffe versenken, Skat, Hausaufgaben für die kommenden Stunden des Tages erledigen, Schlafen usw. Ein solche Frage kann z.B. sein: „Herr Studienrat, können Sie vielleicht etwas zum heutigen Muttertag in Afrika sagen?"
Während er dann monologisierend durch die Reihen geht, füllen wir seine Jacketttaschen mit Papierkugel oder Kreidestückchen oder entnehmen das rote Notenbuch der ausgebeulten Jackentasche und tragen uns gute Noten ein. Gegen Ende der Stunde klebt dann hinten an seiner Jacke gern der Anfang einer Rolle Toilettenpapier, die sich nach dem Gong auf seinem Weg zum Lehrerzimmer, der durch mehrere Gänge und über die Treppe in die erste Etage führt, allmählich abwickelt.
Einmal haben wir uns auf eine Stunde bei ihm ganz besonders vorbereitet. Wir haben Hartmut in das Meidericher Kaufhaus an der Ecke Von der Mark- und Laaker Straße geschickt, eine lange Wäscheleine zu besorgen. Als der Studienrat sich während des Unterrichts dann wieder von Reihe zu Reihe bewegt, rücken wir mit den Tischen so nach, dass er gegen Ende der Stunde in der Ecke des Klassenraums steht, die von der Tür am weitesten entfernt ist. Gleichzeitig binden wir die Tische, die in Position stehen, mit der Wäscheleine zusammen, so dass sich am Ende der Stunde von Wand zu Wand drei fest miteinander verbundene Viertelkreise von Tischen und Stühlen zwischen unserem Lehrer und der Klassenzimmertüre gebildet haben. Beim Gong rutschen wir schnell mit unseren Hintern über die Tische und verlassen den Raum…

„Anders als Caligula werde ich euch Rennpferde nicht zum Konsul, sondern zur Sau machen!" droht uns Lateinlehrer N. im Laufe einer Unterrichtsstunde an, während Englischlehrer Dr. N. meine Leseleistung im Unterricht einmal mit „Lesemann, du liest wie ein blanker Kinderpopo!" beurteilt. Als derselbe Lehrer eines Morgens vorbestellte Lektürehefte bei Filthaut abholen lassen will, schickt er die beiden Schüler mit dem Satz „Nach Filthaut geht der Klassensprecher, es begleitet ihn der Säckelwart!" auf den Weg.
„Hausaufgabe zu morgen sind die Aufgaben auf Seite 13, Nr. 8 a bis m!" gibt Mathelehrer „Panne" K. uns auf. Die Nachfrage „Bis n wie Nordpol, Herr Oberstudienrat?" beantwortete er mit: „Nein, bis m wie Mordpol!"
Hätte ich das meinem Vater erzählt, hätte er mir das alles nicht geglaubt. Denn so etwas gibt es ja schließlich nur im Film…

Die Ohrfeige (1964)

Anfang Mai, genauer gesagt am Sonntag, dem 10. Mai, werde ich konfirmiert. Ich bin 14 Jahre alt. In unserer Familie herrscht große Aufregung, denn wir erwarten viel Besuch: Tante Emma, Tante Irmgard und ihr Sohn Walter kommen aus Schiefbahn, Tante Berta und Tante Minna von der Eickenstraße, meine Schwester Ulla, die im dritten Monat schwanger ist, und ihr Mann Heiko aus Holzminden.

Einige meiner Konfirmationsgäste (von links): Walter (Sohn von Tante Irmgard), mein Vater, ich, meine Mutter, Christel (eine Freundin meiner Schwester), mein Schwager Heiko, meine Schwester und Tante Irmgard

Meine Eltern sind vorher mit mir zu „Orlob" in Ruhrort in der Nähe des Friedrichsplatzes gefahren, um einen dunkelblauen Anzug, ein weißes Nyltest-Hemd und eine Krawatte mit hell- und dunkelblauen Querstreifen für mich zu kaufen. Passende dunkelblaue Wildlederschuhe habe ich schon.

Bei der Ankleide-Generalprobe später zuhause komme ich mir fremd vor, zumal ich die Haare speziell zum bevorstehenden Anlass ganz kurz geschnitten habe. Eigentlich ist ja seit „Twist and Shout", „Love me do" usw. der Pilzkopf meine Frisur.

Pastor Löbmann feiert den Konfirmations-Gottesdienst in der Kirche Emilstraße, die ganze Familie ist versammelt. Nach dem Gottesdienst werden noch die üblichen Fotos gemacht und dann geht es zum Mittagessen mit drei Autos in die Singstraße: unserem grün-weißen Opel Rekord 1500, Walters älterem Ford 12M und dem kleinen BMW 700 Coupé, in den nur Ulla und Heiko passen.

Meine Mutter und meine Oma haben schon vorher den Esszimmertisch ausgezogen und den Küchentisch dazugestellt, damit elf Personen Platz haben. Es gibt Rindfleischsuppe mit Sternchennudeln vorweg und Rindsrouladen mit Kartoffeln und Rotkohl als Hauptspeise. Zum Nachtisch serviert meine Mutter Eis mit heißen Kirschen.

Möhren untereinander mit Frikadellen seien kein Festtagsgericht, hat meine Mutter meine Menüvorschläge schon im Vorfeld in den Wind geschlagen.

Beim Twist mit meiner Schwester

Eine ganz wichtige Frage unter uns Konfirmanden war schon lange vor diesem Sonntag, wie viel Geld wir wohl zusammenbekommen würden. Maßstab sind da immer die Beträge der Konfirmanden des letzten Jahres bzw. derjenigen, die bereits am vergangenen Sonntag konfirmiert wurden. Nach Auswertung aller Informationen darf man wohl mit 150 – 300 Mark rechnen. Insofern sind die Briefumschläge, die uns bereits mit der Samstagspost erreichten, uns am Sonntag zugesteckt werden oder erst am Montag im Briefkasten liegen würden, von höchstem Interesse.

Nach dem Kaffeetrinken wird die Stimmung auf unserem kleinen Familienfest immer ausgelassener. Der Höhepunkt ist erreicht, als ich mit meiner 21-jährigen Schwester zu „Joey Dee and the Starlighters" und deren „Ya Ya" sehr zum Vergnügen alles Anwesenden Twist tanze.

Am Montagabend schütte ich mein gesamtes Konfirmationsgeld – hauptsächlich Scheine, aber auch einige Münzen – auf den Wohnzimmertisch, um unter den Augen meines Vaters die endgültige Zählung vorzunehmen. Natürlich hatte ich vorher immer wieder mal überschlagen und wusste, dass es mehr als 200 Mark sein müssten. Es waren genau 212 Mark 55. Ich bin zufrieden. Das kann vielleicht für ein Rennrad reichen.

Als ich dabei bin, das Geld vom Wohnzimmertisch in einen großen Briefumschlag zu füllen, fällt mir das Fünfpfennigstück – Wo kam das eigentlich her? – auf den Boden. Ich sehe es zunächst nicht, gucke noch kurz unter den Couchtisch und den Sessel, auf dem mein Vater sitzt, fahre mit den Fingern durch die Fransen der Brücke, die unter dem Tisch liegt – das Geldstück bleibt verschwunden. „Na, egal", sage ich unter dem Eindruck meines verbliebenen Reichtums in Höhe von 212 Mark 50.

Da springt mein Vater zornig aus dem Sessel und gibt mir eine „Wer den Pfennig nicht ehrt"-Ohrfeige und lässt mich so lange nach dem Geldstück suchen, bis ich es dann schließlich wiederfinde.

Ich bin erschreckt und gleichzeitig überrascht: Es war die erste Ohrfeige, die ich bisher von meinem Vater bekommen habe. Ob sie mir je schaden wird, weiß ich nicht. Ich besitze jetzt allerdings fünf Pfennig mehr als vor der Ohrfeige.

Ich bin erschreckt und gleichzeitig überrascht: Es war die erste Ohrfeige, die ich bisher von meinem Vater bekommen habe. Ob sie mir je schaden wird, weiß ich nicht. Ich besitze jetzt allerdings fünf Pfennig mehr als vor der Ohrfeige.

Nach der Ohrfeige haben wir uns wieder vertragen

Aus dem Rennrad ist dann doch nichts geworden. Mein Vater hat mich zu einem „normalen" Rad mit Torpedo-Dreigangschaltung, Freilauf und zwei Handbremsen überredet und beim Kauf noch 27 Mark dazu gelegt. Na ja, jetzt kann ich wenigstens die Werbung in meinen Comic-Heften überprüfen und sehen, ob ich „jedem in der Ebene davon" fahre.

Obwohl es nicht das erträumte Rennrad ist, habe ich mich mit meinem neuen Rad doch schnell angefreundet.

Dennoch habe ich gelegentlich darüber nachgedacht, warum mein Vater meine Wünsche immer abwandelt. Das war schon mit der Lederhose so, die ich mit Zehn bekam. Ich wollte eine wie sie alle anderen hatten: hellgraues Rauleder! Ich bekam eine glattlederne in einem hässlichen Dunkelgrün! Ähnlich erging es mir mit den Rollschuhen, die ich mir mit Elf wünschte. Gerne wollte ich solche der Marke Hudora mit Gummirollen, wie sie all meine Freunde hatten, haben. Ich bekam aber solche einer anderen Firma mit altmodischen Eisenrädern! Warum? Nun, die konnte mein Vater bei Eisen Schütz auf der Baustraße auf Lieferschein kaufen.

Barbaras Kuss (1964)

Seit Carina in der 3. Klasse hat es immer wieder Mal ein Mädchen gegeben, das ich nett gefunden habe. Das Interesse wuchs mit zunehmendem Alter. Die wichtigsten Körperkontakt-Formen wie Händchen halten, Arm um Hüfte oder Schulter legen und Kuss ohne Zunge sind mir bekannt und auch bereits ausprobiert. Allerdings: Dr. Christoph Vollmer und Dr. Kirsten Lindstroem von der Jugendzeitschrift „Bravo" und ich erwarten jetzt langsam mehr.
Wir schreiben das Jahr 1964, und in Meiderich auf dem Kirmesplatz an der Westender Straße ist Maikirmes. Ich bin 14 Jahre alt und seit Ostern Schüler der Obertertia. Das Erbetteln des Kirmesgeldes hat stolze vier Mark und achtzig ergeben. Meine Oma gibt mir wieder ihren Kirmesgeldspruch mit auf den Weg: „Wir sind früher mit fünf Pfennig auf die Kirmes gegangen, einmal ‚Berg und Tal' gefahren und haben noch zwei Pfennig mit nach Hause gebracht!"
‚Das war früher, Oma', denke ich, und außerdem: Die Berg- und Tal-Bahn heißt jetzt „Raupe". Da kostet eine Fahrt 25 Pfennig und fünf Fahrten eine Mark. Rechnet man dann noch eine heimliche 5er Packung Lloyd für 50 Pfennig und zwei Helle, das Glas zu 60 Pfennig, dazu, dann wird es mit dem Fischbrötchen schon knapp. Das Bier muss übrigens Jürgen besorgen, der am ältesten von uns aussieht.
Jedenfalls: Die „Raupe" ist der zentrale Treffpunkt für die Jungens und Mädchen zwischen 12 und 16. Ich trage meine Jeans und ein altrosafarbenes Hemd mit zwei Brusttaschen und Schulterklappen. Ich habe

meine schwarzen Slipper mit Eisenplättchen unter Schuhspitze und Absatz an und mir mit meiner Elvistolle mit „Brisk" besonders viel Mühe gegeben. Hinten habe ich meine Haare zu einem „Entenarsch" zusammengezaubert. Ich fühle mich halbstark, obwohl die Eisenplättchen unter den Schuhen auf dem unbefestigten Kirmesplatz nicht zu hören sind.

Aus dem Lautsprecher der Raupe dröhnt: „Ist's my Party" von Lesley Gore. Es folgen: "If I had a hammer" von Trini Lopez und "Candy Girl" von den Four Seasons. Endlich: The Crystals mit ihrem "Da Doo Ron Ron". Die Titel kennen wir alle aus der BFBS Hitparade samstags um Mitternacht und über die Musik, die der Piratensender „Radio Caroline" ausstrahlt.

Wir lungern in kleinen Cliquen innen an dem Geländer der Raupe herum, albern, wippen zur Musik, rauchen heimliche Zigaretten und halten Ausschau.

Gelegentlich fahren wir eine Raupenrunde. Ein besonderer Held ist man, wenn es einem gelingt, während der Fahrt mit einem Bein im Innenbereich des Wagens zu stehen und das andere außen auf dem Trittbrett zu postieren. Dann muss man nur noch locker seinen Freunden zuwinken, so, als tue man das Leichteste von der Welt, und schon fliegen einem die Herzen der Mädchen zu. Besonders, wenn man die Position bei einer der Rückwärtsfahrten, die der Raupenmann dann und wann einstreut, locker hält. Dazu macht der Raupenmann am Mikro noch gelegentlich seine Sprüche: „Achtung, der Herr in Wagen 14, der Sockenhalter macht einen Fluchtversuch!" Gefährlich wird's dann, wenn man den Augenblick verpasst, in dem sich das Faltverdeck für kurze Zeit über die Mitreisenden senkt. In den Wagen wird das Gekreische jetzt lauter, in einigen, wenigen wird es ganz still.

Auf einmal wird's aufregend: Nach einer Fahrt kommt mein Freund Karl zu mir ans Raupengeländer, beugt sich an mein Ohr und flüstert: „Die Barbara küsst mit Zunge!" – „Watte nich sachs", reagiere ich betont locker, denke aber: Eine Raupenfahrt mit Barbara und ein Zungenkuss während das Verdeck unten ist, wäre klasse. Barbara ist ein verdammt hübsches Mädchen. Ich bin schon seit längerem ein bisschen verknallt in sie. Aber, wenn sie jeden, mit dem sie fährt, so küsst … Andererseits …

Ich bin total nervös: Es wäre mein erster Zungenkuss. So ganz klar ist mir die Technik nicht. Indem ich das denke, guckt Barbara auch noch

zu mir herüber. Puh! Ich reiße mich zusammen, gehe mit Herzklopfen zu ihr und frage sie, ob sie mit mir fahren möchte. Sie sagt sofort: „Ja."
– Ach du lieber Himmel!
Ich gehe zur Kasse, lege betont lässig einen „Fuchs" auf die Theke und höre mich „Zweimal, bitte" sagen. „Für eine Mark gibt's fünf Fahrten", grinst die Kartenverkäuferin mich an. Ich lehne ab und denke: ‚Erst mal sehen'.
Ich überlege kurz, ob ich Barbara an die Hand nehmen und zu unserem Wagen führen soll, traue mich aber nicht.
The Crystals singen "Then he kissed me", und mit tausend Gedanken in meinem Kopf besteigen wir Wagen 7: ‚Wie weit muss ich den Mund öffnen? Was machen die Lippen? Wie weit muss ich die Zunge nach vorn schieben? Muss ich sie eigentlich bewegen?'
Wir sitzen, und die Fahrt geht los. Die Raupe wird langsam schneller, nimmt immer mehr Fahrt auf. Das ging doch sonst nicht so schnell! Der Moment, wo sich das Verdeck über uns senken wird, ist nicht mehr weit. Ich lege meinen Arm um Barbara. Breites Grinsen in den Gesichtern meiner Freunde, an denen wir gerade vorbei fahren, und als die Crystals gerade „He kissed me in a way that I've never been kissed before" singen, beginnt das Verdeck sich über uns zu falten. Es ist dunkel!
Unsere Münder suchen und finden sich. Barbara legt auch einen Arm um mich. Unsere Lippen berühren sich. Unsere Zähne treffen sich. Ich spüre ihre Zunge und bringe meine in Bewegung. Jetzt müsste sich das Verdeck doch wieder öffnen! Von wegen! Das Ding fährt auch noch zwei Runden rückwärts, was die Kuss-Harmonie wieder durcheinanderbringt! Endlich, die Raupe läuft wieder vorwärts, ein Knarren im Verdeckgestänge, ein erster Lichtstrahl, der Stoff schiebt sich zurück. Barbara und ich sitzen längst wieder „anständig" nebeneinander.
Wir verlassen unseren Wagen und gehen getrennte Wege zu unseren Cliquen. Alle starren mich an. Karl stellt dann die Frage, deren Antwort alle wissen wollen: „Na, hasse?" Ich nicke nur. Eigentlich wär' ich jetzt lieber allein.
Als wir später nach Hause gehen, fühle ich mich wie ein ganzer Kerl...

Übrigens: Da es finanziell mit dem Fischbrötchen nicht hingehauen hat, bin ich froh, dass von mittags noch Möhren untereinander und zwei Frikadellen übrig sind!

BUCHEMPFEHLUNG:

24,- € zu beziehen über den Autor

www.ingramcontent.com/pod-product-compliance
Lightning Source LLC
LaVergne TN
LVHW011949070526
838202LV00054B/4853